Des

Guerra de seducción

Roxanne St. Claire

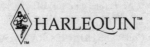

HARLEQUIN™

Editado por HARLEQUIN IBÉRICA, S.A.
Hermosilla, 21
28001 Madrid

I.S.B.N.: 978-84-671-5814-4
Depósito legal: B-53286-2007
Editor responsable: Luis Pugni
Composición: M.T. Color & Diseño, S.L.
C/. Colquide, 6 portal 2 - 3º H, 28230 Las Rozas (Madrid)
Fotomecánica: PREIMPRESIÓN 2000
C/. Algorta, 33. 28019 Madrid
Impresión y encuadernación: LITOGRAFÍA ROSÉS, S.A.
C/. Energía, 11. 08850 Gavá (Barcelona)
Imagen de cubierta: Vgstudio/Dreanstime.com
Fecha impresion para Argentina: 4.8.08
Distribuidor exclusivo para España: LOGISTA
Distribuidor para México: CODIPLYRSA
Distribuidores para Argentina: interior, BERTRAN, S.A.C. Vélez
Sársfield, 1950. Cap. Fed./ Buenos Aires y Gran Buenos Aires,
VACCARO SÁNCHEZ y Cía, S.A.
Distribuidor para Chile: DISTRIBUIDORA ALFA, S.A.

Capítulo Uno

–No quiero ganar premios, tío, sólo vender coches deportivos a mujeres sexys. No creo que sea tan difícil.

Jackson Locke bajó la escalera de caracol mirándose los pies desnudos al tiempo que en su cabeza repasaba varios eslóganes.

–¿Y qué le digo al cliente? –preguntó al otro lado del teléfono el ejecutivo de cuentas en tono lastimero–. Es viernes, son las ocho de la tarde, y dice que no piensa moverse hasta que hable contigo o con el señor Wilding en persona.

–Olvídate de que Reggie aparezca. Debe de estar de camino a Nantucket –dijo Jack–. O eso espero. A no ser que la tormenta le impida llegar.

–Ha salido de la oficina a las cinco, así que debía haber llegado ya.

–No es nada raro en él.

Reggie Wilding era conocido por ser el primero en llegar a las oficinas de Wild Marketing y el último en marcharse. Pero por algo su apellido, o parte de él, daba nombre a la compañía.

–Escucha –siguió Jack–. Di al cliente que el director creativo y yo insistimos en conservar la última frase, junto con el perro, la rubia y las chicas explosivas

3

que… –calló bruscamente al mirar hacia el vestíbulo y soltar un silbido mudo–, pueden aparecer en cualquier momento.

–¿Qué? –preguntó desconcertado el ejecutivo–. ¿Quieres que ése sea el nuevo eslogan?

–No. Resuelve el problema. Yo estoy ocupado.

Jack cerró el teléfono y lo metió en el bolsillo de los vaqueros al tiempo que estudiaba la espalda de una mujer calada hasta los huesos que, con una maleta a los pies, en aquel momento pagaba a un taxista.

En Wild Marketing era habitual recurrir a una o dos personas de fuera de la compañía para participar en los fines de semana creativos que regularmente tenían lugar en la isla de Nantucket, el segundo hogar de Reggie.

Sin embargo, Jack no recordaba que hubiera mencionado la presencia de aquella desconocida. De hecho, Reggie había mantenido con un secretismo desacostumbrado en él sobre los planes para aquel fin de semana.

Jack se retiró un mechón de cabello tras la oreja y continuó descendiendo las escaleras lentamente, con la intención de alcanzar el último escalón en el momento en el que la mujer diera media vuelta. Entre tanto, decidió disfrutar de la vista.

Su cabello negro como el azabache caía en cascada sobre sus hombros hasta la mitad de la espalda, y el vestido, que se le pegaba al cuerpo, dejaba a la vista unas voluptuosas y firmes curvas. A través de la tela mojada, podía apreciarse la línea de… Nada. O llevaba tanga o… No. En cualquier caso, resultaba excitante.

Un rayo iluminó el puerto de Nantucket, que podía verse a través de la puerta entreabierta. Jack intentó recordar a qué campaña iban a dedicar el fin de semana. ¿No había hablado Reggie de ropa deportiva? Ésa debía de ser la explicación. Aquella mujer era modelo. Y por lo que parecía, trabajaba para una empresa de élite; con toda probabilidad, se trataba de una modelo de trajes de baño.

Jack reprimió el impulso de alzar la mirada al cielo y dar gracias a los dioses de la publicidad por ser tan generosos con él.

En el preciso momento en que alcanzó el último escalón, la mujer cerró la puerta tras el taxista y, al darse la vuelta, dejó escapar un gritito de sorpresa.

No cabía duda. Se trataba de una modelo. Tenía unos pómulos altos, tallados con delicadeza, una piel clara y traslúcida y unos labios diseñados para comerse la cámara. La lluvia le había corrido un poco el maquillaje de los ojos, dándole un aire misterioso y vulnerable. Jack deslizó la mirada por su ropa mojada mientras visualizaba el anuncio. Ella estaría en la playa, sus senos apenas ocultos tras una tela tropical, sus ojos oscuros, mirando a cámara con expresión invitadora… El lema de la campaña: *Ropa de baño que seduce*.

De acuerdo, quizá podía mejorarse.

La mujer lo sacó de su ensimismamiento creativo al hacerle una pregunta:

—¿Es el encargado de llevar mis maletas?

—Sólo si van a mi dormitorio.

Unos ojos azul oscuro como zafiros lo miraron con expresión divertida y, por un instante, Jack creyó que aceptaría la invitación.

Ella se retiró el cabello de la cara sin que pareciera importarle el aspecto que presentaba.

—Deja que adivine —dijo con voz aterciopelada—:
No eres el mayordomo.

Jack rió.

—¿Me creerías si te dijera que soy el encargado de
la piscina?

Una sonrisa que no llegó a curvar sus labios, iluminó los ojos de la mujer.

—La verdad es que no.

—Es una pena —dijo Jack, al tiempo que daba un
paso hacia ella con la mano tendida—. Pero siempre
puedo sobornar a la señora Slattery, que es el ama de
llaves, para que te dé la habitación contigua a la mía.

Deliberadamente, sostuvo la mano de la mujer
entre las suyas una fracción de segundo más de lo necesario.

—¿Estás seguro de que acepta sobornos? —la mujer miró a su alrededor y, bajando la voz, añadió—:
Cuando he llamado desde el aeropuerto me ha dado
la sensación de que tenía el carácter severo y rígido
propio de los nacidos en Nueva Inglaterra.

Jack fingió ofenderse.

—Yo soy de Nueva Inglaterra y no soy severo —una
gota de agua se deslizó por el cuello de la mujer hacia su escote—. Sólo ocasionalmente.

—Ahora entiendo por qué te notaba un poco de
acento de la zona.

—¿Además de modelo, eres lingüista?

La mujer rió.

—Ni una cosa ni otra. Me llamo Lily Harper, y estoy
aquí como invitada del señor Wilding.

Jack la observó detenidamente, y a ella no pareció preocuparle a pesar de que tenía el maquillaje corrido y el pelo como una fregona. ¿Quién era aquella mujer?

–Reggie no ha mencionado nunca a ninguna Lily Harper.

–Quizá prefiere guardarme en secreto –dijo ella, encogiéndose de hombros–. No sería la primera vez.

–¿De verdad que no eres modelo?

–¿Y tú el chico de la piscina?

Jack rió y, acercándose a ella, inspiró el olor a lluvia y a perfume que emanaba.

–¿Y qué te trae al fin de semana de tormenta de ideas, Lily? ¿Trabajas con una compañía de marketing? ¿En una empresa de estudios de mercado? ¿Quieres ser nuestra cliente?

Ella sacudió la cabeza.

–No. ¿Y tú?

–Soy el director creativo de Wild Marketing. Sin mí, no hay tormenta de ideas .

Lily le dirigió una mirada que despertó todas sus células rojas y las envió hacia su entrepierna.

–Así que eres el temible Jackson Locke.

–Prefiero el legendario.

Lily soltó una carcajada sensual que hizo pensar a Jack en puro sexo.

–Puede que no vaya a haber una tormenta de ideas –dijo ella. Y miró a su alrededor como si de pronto hubiera sentido curiosidad por estudiar el alto techo, el elegante salón que quedaba a su derecha y el comedor que se abría a la izquierda del vestíbulo–. Es una casa muy bonita, ¿no?

—Claro que va a haber una tormenta de ideas —le aseguró Jack.

En realidad, daba lo mismo la razón por la que Lily estaba allí. Reggie se lo diría cuando llegara el momento. Entre tanto, podía jugar. Tomó la maleta del suelo y posó su otra mano en la parte baja de la espalda de Lily con gesto posesivo.

—¿Qué te parece si nos enteramos de dónde debes ir para poder quitarte esa ropa? —dijo. Ella se paró en seco y le lanzó una mirada asesina. Jack añadió—: Y ponerte algo seco, quiero decir.

—Eres muy atrevido, Jackson Locke. No creo que necesites mis servicios.

Jack sintió que la cabeza le daba vueltas al intentar adivinar a qué tipo de servicios podía referirse.

—Así que atrevido, ¿eh? —dijo, hablándole al oído—. Pues aún puedo serlo más si eso contribuye a que me proporciones tus servicios.

—No me cabe la menor duda —dijo ella, sosteniéndole la mirada—. Pero creo que el señor Wilding tiene sus propias ideas.

Reggie Wilding, además de ser su jefe y tener un carácter extremadamente conservador, era el mejor amigo que cualquier hombre pudiera desear. Debía de haber una buena razón para que Reg invitara a aquella preciosa y perfumada Lily Harper de lengua afilada. Y no sería él quien cuestionara la sabiduría de su mentor.

En aquel instante Dorotea Slattery salió de la cocina y, pasando por alto a Jack, entornó los ojos, grises como su cabello, para enfocar a Lily.

—¡Señorita Harper, lamento haberla hecho esperar!

–No se disculpe –replicó Lily, sonriendo–. Acabo de llegar.

El ama de llaves lanzó una mirada de aprobación a Jack.

–Gracias por ocuparse de ella, señor Jack. Me temo que tengo malas noticias.

–¿Qué pasa?

La señora Slattery suspiró dramáticamente.

–En primer lugar, el señor Wilding ha llamado para decir que han cerrado el aeropuerto de Nantucket. La tormenta está empeorando y no podrá llegar hasta mañana.

–¡Qué mala suerte! –dijo Lily.

–No pasa nada –dijo Jack al mismo tiempo.

Intercambiaron una mirada, pero la señora Slattery continuó:

–Pero además, no puedo quedarme a servirles la cena. El otro lado de la isla se ha quedado sin luz y he de ir a encender el generador de mi padre. Está conectado a una bombona de oxígeno.

–Por supuesto –dijo Lily, acercándose con expresión afectuosa–. Váyase. Nos arreglaremos perfectamente.

–¿Quiere que la acerque a casa de su padre? –preguntó Jack.

Ella lo miró con cara de adoración.

–Muchísimas gracias, señor Jack, pero no es necesario. Puedo conducir bajo la lluvia.

–¿Ha llegado algún otro colaborador de Wild? –preguntó Jack–. Aunque Reggie no llegue hasta mañana, podemos empezar a trabajar.

La señora Slattery los miró alternativamente con expresión desconcertada.

–¿No le dijo el señor Wilding que este fin de semana no venía nadie más?

Jack estuvo a punto de dejar caer la maleta.

–No –dijo, dándose cuenta de que Lily no parecía sorprendida.

–He dejado en la cocina una selección de platos para la cena –dijo la señora Slattery–. Además, hay vino y postres en…

–Por favor –insistió Lily–, vaya a atender a su padre. Nos arreglaremos perfectamente.

–Perfectamente –repitió Jack–. No se preocupe por nosotros. Sólo necesito que me diga dónde debo dejar esta maleta –la señora Slattery señaló el piso superior.

–La señorita está enfrente de usted, señor Jack.

Jack tuvo que reprimir el impulso de besar a su ama de llaves favorita, que, sin saberlo, acababa de confirmarle lo que ya sospechaba: Jackson Locke tenía la mayor suerte del mundo.

No tenía ni idea.

Lily cerró la puerta y apoyó en ella la espalda al tiempo que cerraba los ojos. Jackson Locke no tenía ni idea de por qué estaba allí. De saberlo, habría dicho algo en cuanto había mencionado sus «servicios».

Era evidente que Reggie Wilding quería jugar con el factor sorpresa.

Tuvo la tentación de cerrar la puerta con llave pero se contuvo. Locke era un conquistador nato, pero no trataría de seducirla recurriendo a la fuerza. No la necesitaba. Le bastaba con un físico imponente, aque-

lla mata de pelo dorada y unos ojos del color de la hierba recién cortada.

Lily respiró profundamente.

Aquel hombre iba a ponerla a prueba en más de un sentido. Y eso que era una maestra de la ocultación, tal y como acababa de demostrar al jugar una batalla dialéctica como si le diera lo mismo tener el aspecto de una rata mojada.

Pero ésa no era la causa de que le faltara el aire. ¿Era posible que Reggie Wilding hubiera decidido no decirle a su mano derecha que había puesto la agencia a la venta y de que el comprador estaba a punto de firmar… en cuanto se realizara un pequeño cambio?

Aunque era difícil designar como «pequeño» lo que en realidad era una transformación completa de Jackson Locke.

De hecho, se trataba de un hombre tan poco dispuesto a aceptar una transformación personal y profesional, que la mera idea de intentarlo resultaba ridícula. Aun así, eso era lo que Reggie Wilding pretendía. Y el salario que le había ofrecido pagaría tres meses de alquiler de sus oficinas… acercándola el mismo número de meses hacia la realización de su sueño.

Lily sacudió la cabeza y abrió la maleta al tiempo que recordaba el día en que Reggie había entrado en su oficina anunciándole que había sido recomendada por un cliente muy satisfecho con sus habilidades para relanzar negocios. Cuando le preguntó si estaría dispuesta a llevar a cabo el proyecto en la isla de Nantucket ni siquiera había necesitado tiempo para pensarlo, aun cuando la idea de transformar un

agente creativo publicitario en un ejecutivo clásico significara poner a prueba todas sus habilidades como consultora de imagen.

Sus anteriores clientes habían sido básicamente graduados universitarios y algunos administrativos ambiciosos ansiosos por ascender en la escala ejecutiva.

Pero la tarea que tenía entre manos podía lanzar su agencia, The Change, y en consecuencia, y lo que era aún más importante, le permitiría a ella, Lily, alcanzar la libertad y la seguridad que tanto ansiaba.

La cuestión era, ¿qué podía hacer para mejorar a un hombre como Jackson Locke?

Cortarle el pelo…, aunque su melena leonina resultaba muy atractiva cuando le caía sobre los ojos. ¿Un mejor rasurado? Lo cierto era que la leve sombra que cubría su mentón resultaba… irresistible.

Zapatos.

Quizá podrían empezar por ahí. Pero por lo demás, lo que Reggie pretendía era imposible con el «chico de la piscina».

Tendría que aprovechar aquella noche para conocerlo mejor y diseñar una estrategia con la que triunfar. Debía descubrir qué cosas valoraba, y convencerle de que una leve transformación personal le ayudaría a conseguir sus objetivos. Como el resto del mundo, lo lógico era pensar que tenía ambiciones profesionales.

Buscó el teléfono en el bolso para llamar a Reggie y averiguar qué sabía Jack, pero, probablemente debido a la tormenta, no había cobertura. Así que no le quedaba más remedio que aplicar lo que había apren-

dido en un cursillo sobre el arte de no decir nada. Hasta que llegara Reggie, tendría que ocuparse de Jack ella sola. Y la idea no le resultaba demasiado desagradable.

Una inesperada oleada de deseo sexual la invadió. Ignorándola, Lily llevó la bolsa de aseo al cuarto de baño para darse una ducha y, muy conscientemente, evitó mirarse al espejo.

Era curioso lo bien que le había hecho sentir Jack a pesar de que estaba segura de tener un aspecto deplorable. Excepcionalmente bien. Un cosquilleo la recorrió al tiempo que abría la ducha y se metía bajo el caliente chorro de agua para enjabonarse con un delicioso gel que olía a mar.

El resplandor de un rayo lo iluminó todo por un instante y, a continuación, un trueno hizo temblar la mampara de la ducha. Sobresaltada, Lily iba a cerrar el grifo cuando la luz, que había empezado a parpadear, se apagó completamente. En la oscuridad, Lily palpó la pared, buscando los grifos. Los encontró y cerró el agua.

La oscuridad era total. Sólo se oía la lluvia repicando sobre el tejado y las ventanas. Parpadeó sin lograr que sus ojos se adaptaran a su entorno. ¿Por qué no habría colgado a mano una toalla o un albornoz? Intentó recordar el cuarto de baño de memoria. ¿Había visto algún armario o un estante con toallas?

Abrió la puerta corredera de la mampara y, al mismo tiempo, oyó que se abría la puerta de su dormitorio.

–Lily, ¿estás bien?

Era Jack.

–Perfectamente –desnuda, mojada y ciega, pero perfectamente. ¡Ah! Y había dejado la puerta del cuarto de baño abierta de par en par, y aunque no se veía nada…

–Se ha cortado la luz –anunció Jack.

–Ya me he dado cuenta –desde la ducha, Lily alargó el brazo para ver si tocaba un estante, pero sus dedos rozaron la porcelana del tanque del inodoro.

–Sólo quería asegurarme de que estabas bien.

–Estoy en la ducha, pero estoy bien –Lily deslizó la mano hasta tocar una cosa dura y redonda. Al empujarla, cayó al suelo y se oyó ruido de cristal al hacerse añicos. Lily dejó escapar una palabra malsonante.

–¿Qué ha pasado? –Jack alzó la voz. Por lo cerca que sonó, Lily dedujo que había entrado en el dormitorio.

–He tirado algo y se ha roto.

–No te muevas –dijo él–. Podrías cortarte. Voy a por una linterna.

Lily resopló. No era habitual que se sintiera tan desamparada.

–Tú también debes tener cuidado. ¿Sigues descalzó?

Oyó reír a Jack.

–No pierdes detalle, ¿eh? –dijo él.

Claro que no. Precisamente era eso por lo que le pagaban.

–Por favor, date prisa, Jack. Me estoy quedando helada –dijo. Y cerró la mampara.

–Espera un momento, tengo una idea –al instante, Lily oyó ruido de movimiento, seguido de un suave golpe–. Ya está, querida. Puedes salir sin peligro.

Lily se pegó a la pared al darse cuenta de que Jack estaba al otro lado de la mampara.

–¿Sin peligro?

–He puesto una alfombrilla del dormitorio en el suelo –explicó Jack–. No te cortarás.

–¡Qué imaginativo!

–Para algo soy director creativo. La imaginación es mi… segunda cualidad.

Lily rió.

–Supongo que la primera es la humildad.

–Ésa es la tercera.

Lily sacudió la cabeza sin dejar de sonreír.

–Ahora, márchate para que pueda salir.

–¿Que me marche?

–Sí, márchate. Estoy desnuda.

–Por eso mismo. Aunque no puedo ver, sé de qué tamaño es la alfombra y puedo ayudarte a evitar los cristales.

–¿Quieres decir que no es una estratagema para verme desnuda?

–Eso viene más tarde.

Lily sintió un reguero de agua recorrerle la espalda al tiempo que se le contraían los músculos del vientre. Se asió al grifo.

–Te pediría que cerraras los ojos, pero…

–Sabes que no lo haría.

Lily abrió la mampara lentamente. La oscuridad era absoluta y seguía sin ver nada.

–Está bien, ¿dónde estás?

–Aquí mismo –Jack le tomó la mano.

¿Podría verla? ¿Estaría dotado de visión nocturna? Lily contuvo el aliento al sentir el calor que ema-

naba de su mano y sentirse envuelta en su olor natural, tan parecido al aroma del gel de ducha.

Con dar un paso podría apretar su cuerpo desnudo contra el fuerte torso de Jack, enredar sus dedos empapados en su melena rubia. La excitación la sacudió y sus pezones, que ya estaban erectos por el frío, se endurecieron hasta casi dolerle con la mera posibilidad de que Jack la viera y la acariciara.

—Vamos, cariño —dijo él con dulzura, tirando de ella—. A no ser que quieras que entre ahí contigo.

—Eres terrible, Jack Locke.

—De hecho, soy muy, muy... —estalló un rayo que iluminó el cuarto con una luz cegadora. Por una fracción de segundo, Lily pudo ver la mirada de Jack deslizándose por su cuerpo desnudo, y sintió sus dedos apretarle la mano.

Al instante, los rodeó de nuevo la más absoluta oscuridad. Lily esperó a que cesara el trueno, convencida de que Jack haría algún comentario jocoso y a la vez insinuante. Pero Jack se limitó a dejar escapar el aire lenta y prolongadamente antes de susurrar.

—Lily, eres espectacular.

Nada la hubiera desconcertado tanto como aquellas palabras. Lily sintió la sangre fluir en ebullición por sus venas. Respiró profundamente para recuperar el dominio de sí misma y, levantando la pierna, posó un pie tentativamente sobre la alfombrilla.

—No te muevas de ese punto o puede que pises cristal —le indicó Jack—. Voy a ver si encuentro una toalla debajo del lavabo —tras unos segundos, añadió—: Ya la tengo.

Lily tendió las manos para tomarla, pero encontró

el sólido pecho de Jack. Él la rodeó con sus brazos al tiempo que la envolvía en la toalla. Lily podía percibir sombras e intuyó el perfil de su cara y de sus labios, y la suave curva de su largo cabello…

Con los ojos fijos en Lily, Jack tiró de ella hacia sí al tiempo que le cerraba la toalla delante del pecho. Entreabrió los labios. Lily creyó que el pecho le estallaría si su corazón seguía acelerándose. Apenas podía respirar.

—¿No sabes que es peligroso ducharse en medio de una tormenta? —bromeó él con voz acariciadora—. Podías haberte electrocutado.

Electrocutarse no la habría quemado más que el roce de su mano, que su voz, que el calor de su cuerpo…

—Tenía que arriesgarme —admitió.

—¿Te gusta correr riesgos, Lily? —la pregunta estaba tan cargada de dobles sentidos, que Lily estuvo a punto de reír

—No —dijo—. Prefiero mantener el control.

Aunque, si era así, ¿qué hacía paralizada, a apenas unos centímetros de Jack, entregándole el poder de actuar a su antojo? No necesitaba más que abrir los dedos para que quedara atrapada por aquellos impresionantes ojos verdes.

Lily sentía que un fuego la consumía por dentro, derritiéndole los huesos y erizándole el cabello. Alzó el rostro hacia Jack, ansiosa por sentir sus labios sobre los suyos. Pero él se limitó a tomarle la mano y darle el extremo de la toalla para que la sujetara.

—Ahí tienes —dijo al mismo tiempo—. Ahora ya tienes el control.

Eso no era del todo verdad.

–Por un instante he pensado que ibas a besarme –dijo ella, intentando sonar divertida.

Jack rió y se difuminó en la oscuridad al alejarse unos metros de ella.

–Ahora ya conoces mi arma secreta –dijo en voz baja–: Jamás hago lo que la gente espera de mí.

Y ésa era precisamente la razón por la que cambiar a Jack Locke iba a ser un reto sobrehumano. Al que se unía el hecho de que, si en lugar de devolverle el poder, se hubiera inclinado y la hubiera besado, ella no habría movido un dedo para pararlo.

Capítulo Dos

Jack tardó unos seis minutos en encontrar una linterna y rezó para que a Lily no le hubiera dado tiempo a vestirse.

Iluminando los escalones de la escalera, los subió de dos en dos al ritmo que le marcaba la sangre bombeándole el corazón. Un nuevo rayo iluminó súbitamente su camino, paralizándolo antes de dejarlo sumido una vez más en la oscuridad.

Pocos minutos antes había experimentado en su propia carne la expresión «ser atravesado por un rayo». Él, que jamás se quedaba sin palabras, que sabía usarlas para convencer, intimidar, seducir y entretener, se había quedado mudo. Así le había dejado aquella mujer, desnuda y mojada, al ser iluminada por la luz de la naturaleza.

Ya antes, el vestido empapado le había permitido entrever su figura, pero al verla desnuda, con los pezones endurecidos, proyectados hacia delante como si lo observaran, con el agua deslizándose por las rosadas areolas, había estado a punto de caer de rodillas ante ella. Apenas había podido seguir el recorrido del agua hasta detenerse en el triángulo de sombra que destacaba entre sus piernas.

Cuando Jack no podía bromear y se quedaba sin palabras, sólo era capaz de decir la verdad. Y eso era lo que había hecho. Lily era espectacular.

Dejó escapar un quejido sordo al llegar a lo alto de la escalera y se ajustó los vaqueros para disimular la erección que tenía desde que había visto a Lily en el vestíbulo, chorreando agua. Sonriendo para sí, se dio cuenta de que todavía no la había visto seca.

–¿Eres tú? –llamó ella, al ver el haz de luz de la linterna que lo precedía.

–Sí. Soy el chico de la piscina y traigo una linterna.

Lily rió y se colocó dentro del rayo de luz.

Seis minutos habían bastado para que se pusiera unos pantalones deportivos de talle bajo, una camiseta rosa que dejaba al descubierto su cintura y unas chancletas.

–¿Has entrado otra vez en el cuarto de baño?

–No. Cuando vuelva la luz, recogeré los cristales. Por ahora, prefiero evitar cortarme. He debido de tirar un frasco con popurrí o quizá un candelabro que ahora nos vendría a las mil maravillas –concluyó con expresión divertida.

Jack la enfocó con la linterna, evitando cegarla.

–Estaba pensando que, aunque apenas nos conocemos, siempre estás mojada.

–Es el inconveniente de ser el chico de la piscina. ¿Sólo has encontrado una linterna?

Jack asintió antes de añadir:

–Pero habrá alguna vela en el piso de abajo. Y puede que la luz vuelva en cualquier momento, si es que los dioses de la electricidad se apiadan de nosotros.

A no ser que se apiadaran de verdad de ellos y los dejaran tranquilos y a oscuras.

–¿Los dioses de la electricidad? –Lily arqueó una ceja–. ¿Y los de la cena? Estoy muerta de hambre.

–No te preocupes, Dorotea Slattery vendería antes su alma que dejarnos sin comer –Jack tomó la mano de Lily y enfocó la escalera–. Mantente cerca de mí. Las escaleras son muy empinadas.

–Te dejo que me guíes sólo porque se ve que conoces bien la casa. ¿Sueles venir a menudo?

Jack mantuvo la mirada fija en el círculo de luz que iluminaba la linterna mientras su mente registraba el contraste entre su mano grande y fuerte y la menuda y delicada de Lily.

–Sí. Vengo a menudo por placer, y unas tres o cuatro veces para un fin de semana como éste.

Lily se frenó imperceptiblemente y Jack sintió que lo observaba.

–¿Qué tipo de fin de semana es éste?

–De trabajo –dijo él–. Ocasionalmente nos reunimos con unos cuantos jóvenes prometedores y organizamos una tormenta de ideas para resolver problemas puntuales. ¿No es ésa la razón de que estés aquí?

Lily esbozó una sonrisa enigmática.

–Supongo que podría decirse que sí.

Jack se detuvo.

–¿Y de qué otra manera podría definirse?

–Reggie me pidió que viniera y… –Lily se encogió de hombros en un gesto de fingida indiferencia–, conociera a su equipo directivo.

Había algo que Jack no llegaba a comprender.

–¿Y sólo nos ha invitado a nosotros dos?

–Eso parece.

En aquel momento, de la misma manera que le sucedía después de pasar horas intentando tener una buena idea para una campaña publicitaria, Jack consiguió encajar todas las piezas. De pronto, había encontrado una explicación lógica a la presencia de Lily.

«Puede que el señor Wilding haya preferido mantenerme en secreto».

«Este fin de semana no viene nadie más».

«Eres el temible Jackson Locke».

¿Cómo podía haber pasado por alto tantas pistas? Reggie no le había dicho en qué iban a trabajar, pero había insistido en que tenía que ser aquel fin de semana y no otro. Luego, había quedado atrapado por la tormenta. Y la señora Slattery los dejaba a solas y se negaba a que la llevara a su casa tal y como, por otra parte, había hecho en numerosas ocasiones.

No había error posible. Estaba ante un caso descarado de celestinaje. Reggie y Samantha Wilding estaban obsesionados con encontrarle una mujer para que sentara la cabeza y gozara de tantas décadas de felicidad en pareja como las que habían disfrutado ellos. Y las respuestas ambiguas que Lily le había dado ponían de manifiesto que ella participaba en el plan. Pero ¿cuánto costaría que confesara la verdad?

–¿De qué conoces a Reg? –preguntó, como por casualidad–. ¿O eres amiga de Sam?

–¿Sam? –repitió Lily con una sorpresa que pareció genuina.

–La mujer de Reggie –aclaró Jack.

–No la conozco.

Si eso era cierto, Reggie debía de haberla seleccionado sin ayuda de Sam. El respeto que Jack sentía hacia su amigo y jefe creció exponencialmente.

–Es una mujer encantadora –explicó, al tiempo que llegaban al pie de la escalera–. No tienen hijos, así que a mí me trata como si me hubiera adoptado. Ahora vamos a ir hacia la cocina.

Jack asió con firmeza la mano de Lily y la guió hacia la parte de atrás de la casa. Seguían rodeados de una densa oscuridad que sólo se iluminaba con un ocasional rayo. La lluvia parecía haber amainado y, aunque incesante, caía a un ritmo pausado sobre las ventanas.

«Vayamos al grano, Lily».

–¿Y de qué conoces a Reggie?

–Por un cliente –dijo ella con un tono que no invitaba a más preguntas.

Sin embargo, Jack conocía a todos los clientes de Wild Marketing y no pudo contenerse.

–¿Cuál?

–Para serte sincera, no sabría decírtelo.

Así que Lily participaba en el juego y evitaba darle información. Fingía una inocencia que sus acciones contradecían. Había hecho las maletas y se había subido a un avión para ir a conocerlo. ¿Estaría buscando a su príncipe azul? Si era así, la compadecía. En cambio, si buscaba a alguien con quien divertirse un fin de semana lluvioso, acababa de encontrar al hombre perfecto.

Jack miró a Lily y se dio cuenta de que… las pilas de la linterna estaban gastándose. En unos minutos volverían a quedarse a oscuras, pero no le importaba.

De hecho, no tenía nada de qué preocuparse. Sólo debía jugar bien sus cartas en aquella sofisticada cita a ciegas y ver hasta dónde lo llevaban. Los dioses eran tan bondadosos con él que sentía ganas de llorar de alegría.

–¡Aquí está el vino que ha mencionado la señora Slattery! –enfocó una botella con la linterna. A su lado había dos copas y un sacacorchos–. Tiene buena pinta.

–Desde luego que sí –dijo Lily al leer la etiqueta.

–Se ve que Reggie quería que estuviéramos lo más… cómodos posible.

–No lo sé –dijo Lily en tono risueño–. Tengo la impresión de que la señora Slattery está secretamente enamorada de ti. Casi se echa en tus brazos cuando te has ofrecido a llevarla a casa de su padre.

Sí, pero había rechazado la oferta y se había marchado, dejándolos oportunamente a solas. Jack colocó la linterna sobre la encimera de manera que iluminara el círculo en el que se encontraban y proyectara el resto de la luz hacia el techo.

–No te preocupes; no es mi tipo.

–No me preocupo.

El tono de indiferencia de Lily hizo que Jack la mirara con curiosidad. Luego, empezó a abrir la botella.

–¿Puedes ver? ¿Quieres buscar algo para comer?

–Voy a intentarlo –en la penumbra, Lily fue hasta un frigorífico. Al abrirlo y descubrir que no tenía luz en el interior, cerró la puerta–. Necesito la linterna. Si dejo la puerta abierta, se irá el frío. No sabemos hasta cuándo estaremos sin electricidad.

El corcho salió de la botella haciendo un sonido hueco.

–Bebamos primero una copa –quizá un poco de alcohol contribuiría a que Lily dijera la verdad: que era la sobrina de Reggie, o la hija de un amigo del club de campo…

–Antes quiero comer algo –dijo ella, tomando la linterna.

No había duda de que se trataba de una mujer a la que le gustaba tener el mando.

–Como quieras –dijo Jack, sirviendo dos copas a ciegas. Era capaz de hacer muchas cosas sin ver. De hecho, casi todas.

Lily proyectó la linterna en el frigorífico.

–¡Qué bien! Una ensalada de tomate y mozzarella. ¡Y cóctel de gambas!

–Es la especialidad de la señora Slattery.

Lily se puso la linterna entre los dientes y la usó como si se tratara de un casco de espeleólogo para iluminarse al tiempo que sacaba una bandeja.

–Ahmm ah ahah ah ah ah –farfulló, intentando vocalizar.

Jack rió y, acercándose a ella, dijo:

–Lo siento, querida, pero no entiendo la lengua de las linternas –y se la quitó de la boca.

–Decía que también hay ensalada de pasta –explicó ella, inclinándose hacia delante.

· Había bastante luz como para que Jack pudiera vislumbrar la silueta de su perfecto trasero y la parte de su espalda que quedaba a la vista al subírsele levemente la camiseta. Jack tragó saliva. Lily parecía inconsciente de la tentación que representaba.

Cuando se incorporó y dio media vuelta, Jack se quedó boquiabierto al ver lo preciosa que estaba en la penumbra, sin una gota de maquillaje y con el cabello todavía húmedo y despeinado. Hermosa. Natural. Segura de sí misma. Esos tres atributos la definían. ¿Cómo sabía Reggie cuáles eran las características que encontraba más irresistibles en una mujer? Y ¿cómo había sido capaz de conservar el secreto, sabiendo como sabía que si Jack llegaba a intuir sus intenciones habría buscado cualquier excusa para no acudir a la cita? A veces Reggie parecía conocerlo mejor de lo que él se conocía a sí mismo. Y aquélla era una de esas ocasiones.

Se echó a un lado mientras Lily recorría la cocina a tientas en busca de platos, cubiertos y servilletas.

–La linterna se está quedando sin pilas –dijo Jack, rebuscando en un par de cajones–, pero no encuentro ni cerillas ni velas.

–Tendremos que comer deprisa.

Lily puso dos manteles individuales en la isla central.

–¿Crees que necesitamos manteles? –dijo Jack, riendo–. ¿No te parece que, dadas las circunstancias, podemos evitarnos algunos formalismos?

–Jamás como sin poner la mesa adecuadamente –dijo ella, mirándolo con frialdad.

–Como quieras, pero no creo que tenga la menor importancia en cuanto nos quedemos a oscuras –Jack le tendió una copa–. Todavía no has probado el vino. Brindemos

Lily sonrió. En la penumbra, se apreciaba la perfección de sus esculpidos pómulos.

–Gracias –dijo ella. Y alzó la copa–. Por…

–Las tormentas –dijo Jack.

–Y por la energía.

Jack, que había empezado a beber, se detuvo.

–¿La energía? Tienes razón. Seguro que para ti es un componente importante en una relación.

Lily lo observó por encima del borde de la copa.

–Me refería a la energía eléctrica.

–Querida, ten por seguro que vamos a tener electricidad de sobra –Jack chocó su copa con la de ella y el sonido del cristal reverberó en el silencio. Esperó a que Lily se llevara la copa a los labios para decir–. Ya puedes dejar de fingir, Lily. Los dos sabemos a qué has venido.

Lily se atragantó aun sin llegar a beber.

–¿Sí? –preguntó, abriendo los ojos desmesuradamente.

Jack bebió sin apartar los ojos de los de ella. Posó la copa en la encimera; luego, tomó la de ella y la dejó junto a la suya.

–¿Te gustaría saber lo que pienso al respecto?

Lily tragó saliva.

–Me lo puedo imaginar.

Jack puso las manos sobre lo hombros de Lily y se los masajeó.

–No sé por qué no me lo has dicho desde el principio.

Lily lo miró con expresión dubitativa.

–Creo que Reggie quiere decírtelo en persona, Jack. No estaba seguro de que te pareciera bien.

Jack enredó los dedos en el cabello de Lily y la atrajo hacia sí, sujetándola por la nuca.

–Me parece bien porque tú me gustas –aproximó su rostro al de ella–. De hecho, mañana por la mañana, cuando nos despertemos juntos, después de haber pasado una noche de apasionado y extenuante sexo, llamaremos a Reggie y le diremos que es un genio.

Aprovechando que Lily abría la boca, Jack atrapó sus labios con un delicado beso. Cerró los ojos y saboreó el aroma a vainilla y roble con el que el vino se los había perfumado y pensó que jamás había probado nada tan delicioso. Al abrir los ojos, descubrió que la linterna se había apagado.

El tiempo se detuvo. Su respiración y su corazón también. Pero nada ni nadie pararon aquel beso.

Lily estaba demasiado alejada de la encimera como para apoyarse en ella, así que se aferró a los poderosos hombros de Jack para mantener el equilibrio. Le temblaban las piernas y sentía que se quemaba por dentro.

Jack le hizo ladear la cabeza para darle un segundo beso que acompañó con la lengua. Dejándose llevar por el instinto, Lily amoldó su estómago a su prominente erección. Jack le sujetó la cabeza con firmeza y se apretó contra ella con un profundo gemido que retumbó en su pecho.

–Lily –susurró, deslizando las manos por su espalda hasta posarlas en la franja de piel desnuda de su cintura.

Lily abrió los ojos. Estaban a oscuras.

–Nos hemos quedado sin batería –musitó sin querer renunciar al placer de seguir pegada a Jack.

Él bajó las manos hasta la curva de sus nalgas, que ella basculó hacia delante.

—Pero tenemos toda la electricidad que necesitamos, querida —dijo Jack, acariciándole la mejilla con el aliento—. No necesitamos linternas.

Lily rió.

—¿Cómo puedes hacer bromas en estas circunstancias? —susurró—. Estamos a oscuras, a merced de los elementos y sólo podemos movernos palpando.

—Precisamente —dijo Jack, subiendo las manos por el torso de Lily hasta dejarla a unos milímetros de sus senos—. Y no tengo nada de qué quejarme —la empujó contra la encimera y le hizo sentir su firme sexo.

—Jack… —Lily echó la cabeza hacia atrás, y él le mordisqueó el cuello. Su capacidad de resistencia se iba diluyendo sin que pudiera hacer nada para evitarlo—. Puede que esto no sea tan buena idea…

—Cariño, no se me ocurre ninguna mejor —Jack fue dejando un rastro de besos por su cuello y por su escote, por encima de la camiseta. Lily sentía que se quemaba a través de la tela. Tenía los pezones duros, casi le dolían. Tenía que obligarse a pensar. Tenía que recordar que estaba allí para transformar a Jack en el presidente de una agencia de publicidad. Ése era su objetivo y no debía perderlo de vista.

Posó las manos en el pecho de Jack y le hizo retroceder suavemente. En la oscuridad, sólo podía vislumbrar el blanco de sus ojos y de su sonrisa.

—Jack —susurró—, escúchame.

Con un quejido de desaprobación, Jack dejó de presionar su cuerpo contra el de ella y detuvo sus caricias.

–¿De verdad sabes por qué me ha enviado Reggie?

Jack dejó escapar una risita sofocada.

–¿Cuánto creías que iba a tardar en darme cuenta, Lily? No hay reunión de trabajo y nos ha dejado solos. ¿Qué más datos necesito?

–¿Y no te espanta la idea? –preguntó Lily–. Reggie no estaba seguro de que te gustara, y ahora que te he conocido, comprendo por qué pensaba que no resultaría fácil convencerte.

Jack rió.

–Deberías tener más seguridad en ti misma, querida. Creo que eres fantástica.

–Pero… ¿qué piensas de la noción de cambiar… tú? ¿Estás dispuesto a hacerlo?

Jack se tensó lo bastante como para que Lily supiera que no iba a ser una batalla fácil. Luego, volvió a relajarse y apoyó sus caderas en las de ella.

–¿Qué te parece si nos preocupamos de eso mañana? Tenemos todo el tiempo del mundo para hablar del… futuro. Por ahora, me interesa más el presente –le hizo sentir su violenta erección y Lily se estremeció de placer–. El aquí y el ahora –concluyó Jack.

La vista de Lily se habían adaptado lo bastante a la oscuridad como para poder ver los ojos de Jack. ¿Estaba siendo sincero? ¿Sería verdad que no le importaba su misión?

Él volvió a darle un beso húmedo y apasionado que dejó en suspenso todo pensamiento… excepto el de devolvérselo.

–La naturaleza está jugando a nuestro favor, Lily

–susurró él–. Primero, nos deja sin luz –lentamente alcanzó los senos de Lily y tomó sus pezones entre sus dedos–, luego, nos ha proporcionado la música de la lluvia –retorció los pezones entre los dedos y Lily se arqueó contra él–. Y todo lo que tenemos que hacer es… –movió sus caderas lentamente contra las de ella, ejerciendo una creciente presión– bailar en la oscuridad.

Lily se estremeció. Estaba siendo seducida de la manera más elemental e irresistible que había experimentado en toda su vida. Y la cabeza le daba vueltas. Jack había logrado cortocircuitarle el cerebro, dejándola incapacitada para pensar más allá del futuro inmediato.

–¿Te gusta esto, Lily? ¿Te gusta que te toque?

Lily no fue capaz de articular más que un gemido de placer al sentir las manos de Jack sobre sus nalgas.

–¿Quieres bailar conmigo en la oscuridad, Lily? –la voz de Jack le llagaba tan sensual y seductora que le hizo temblar de deseo–. Te prometo que te gustará.

–No pensaba que… la primera noche sería así –consiguió decir con voz temblorosa.

–A veces, cuando algo es inevitable, sucede muy deprisa –Jack tamborileó los dedos sobre su pezón–, o muy despacio –añadió, cubriendo su seno con la palma de la mano y masajeándolo lentamente–. Esta noche, tú decides qué prefieres.

«Mañana».

Al día siguiente, el trabajo volvería a ocupar el lugar central, pero…

–Esta noche –musitó ella sin apartar los labios de Jack. Y sintió que él respondía con una sonrisa.

–Ahora mismo –añadió Jack, alzándola del suelo y girando con ella en el aire–. Elige pista de baile, pequeña –dijo con un delicado beso–. ¿La cocina? ¿El salón? ¿La mesa de billar? ¿La sauna?

Lily sintió que la cabeza le daba vueltas.

–Supongo que una cama es demasiado convencional para alguien como tú.

–No me importa ser convencional. Hay un dormitorio de invitados en el ala más próxima a la cocina –dijo Jack–. Encontrarla en la oscuridad formará parte de la aventura.

–Define perfectamente la noción de una cita a ciegas –añadió ella con sorna.

Jack dejó escapar una carcajada y la abrazó con fuerza.

–Entiendo por qué Reggie piensa que podemos funcionar bien juntos.

Lily respiró aliviada al comprobar que Jack era lo bastante maduro como para separar el papel que tenía que desempeñar en el negocio y el lugar que podía ocupar en su cama.

Y de todo ello hablarían al día siguiente. Pero por el momento, se abrazó a su cintura y se acurrucó en su sólido y musculoso pecho para avanzar con él pausadamente hacia lo inevitable.

–Estoy seguro de que es por aquí –al llegar a un corredor, Jack se detuvo y alargó la mano para evitar un posible obstáculo. Tras dar unos pasos más, añadió en tono triunfal–: ¡Ya hemos llegado! –giró el pomo y la puerta se abrió con un chasquido–. Bailemos.

Lily se estremeció con un escalofrío de expecta-

ción. En cuanto entraron, Jack la estrechó contra su pecho. Su corazón latía tan aceleradamente como el de ella.

—Puede que encontremos una vela —dijo él—. ¿Quieres que la busque?

—No.

Jack no necesitó que dijera más. Sin darle tiempo a que cambiara de opinión, la fue conduciendo hacia atrás con la certeza de que se dirigía hacia la cama. Un distante rayo iluminó brevemente la habitación y le demostró que no se equivocaba. La misma luz le permitió vislumbrar el rostro de Lily y su expresión de anhelante deseo. En cuanto sintió que chocaba contra el pie de la cama, la echó con cuidado sobre el colchón y se colocó encima de ella.

Estaba tan excitado que le resultaba casi doloroso, y la sensación se incrementó al percibir la excitación de Lily. En unos segundos le había quitado la camiseta y le mordisqueaba los pezones. Sin titubear, le quitó el sujetador de encaje y lo tiró al suelo antes de acariciarle un seno y besarle el otro. Sabía a una mezcla de agua de mar y al vino del que sólo había probado un sorbo. Su pezón se endureció entre sus labios y, en respuesta, su sexo se endureció aún más. Recorrió con la lengua el círculo rosado de la areola y succionó su punta. De la garganta de Lily escapó un prolongado gemido de placer, al tiempo que ella hundía sus manos en el cabello de Jack y le presionaba la cabeza contra sus senos. Luego, lo llamó por su nombre y basculó las caderas, antes de tirar de sus hombros con la suficiente determinación como para no dejar dudas sobre lo que deseaba.

Jack le mordisqueó el vientre y metió la lengua en su ombligo. Lily alzó las caderas. Sus pantalones siguieron al sujetador y el tanga de seda lo acompañó. Jack susurró con deleite al ver su humedecido triángulo, y se le hizo la boca agua con sólo pensar que estaba a punto de probar su sabor.

—Jack —Lily se incorporó y tiró de su camisa—, quiero verte. Quiero tocarte.

Jack se arrodilló frente a ella, se quitó el polo y se soltó un botón del pantalón. Ella tomó la iniciativa y acabó de desabrochárselo.

—Déjame a mí —musitó.

Él alzó las manos, rindiéndose a sus deseos.

—Soy todo tuyo, pequeña. Sólo necesito que me dejes encontrar una cosa.

Sacó un preservativo del bolsillo del pantalón y lo dejó sobre la cama. Lily le acabó de quitar los pantalones. Cuando metió la mano en el elástico de los calzoncillos, él le sujetó las muñecas.

—Quiero desvestirte.

Jack rió quedamente.

—Tú mandas, querida.

Volvió a arrodillarse y contuvo el aliento cuando Lily mordisqueó uno de sus pezones mientras con una mano le acariciaba el pecho y masajeaba sus músculos con un murmullo de aprobación. Luego, clavándole las uñas, deslizó las manos hacia su cintura hasta tocarle donde él más ansiaba.

Lentamente, estiró el elástico para pasarlo por encima del firme sexo de Jack, que adquirió aún mayor rigidez bajo su mirada de fuego. Lily cerró los ojos, inclinó la cabeza y pasó la lengua por toda su longitud.

Jack estuvo a punto de gritar ante el desmedido placer que lo sacudió, y en algún recoveco de su mente apuntó que debía preguntarle a Reggie cómo había descubierto que aquella mujer estaba hecha para él.

Ella acarició su sexo, lo besó y lo abarcó con sus labios. Él, ansioso por saborearla, se giró en la dirección contraria, besando su vientre cada vez más abajo, hasta encontrar el oscuro triángulo en la intersección de sus piernas. La lamió una vez y ella dejó escapar el aire ruidosamente, dando un latigazo con las caderas.

El intercambio fue tan intenso que Jack temió que le estallara la cabeza. La boca y el cuerpo de Lily eran tan dulces y estaban tan húmedos que sólo fue capaz de gemir y apretarse contra ella, aspirando el aroma de una mujer que sabía exactamente lo que quería y no temía tomarlo.

Estaba tan excitado que apenas podía contener el estallido de su deseo. Le besó los muslos y las caderas y se deslizó hacia arriba hasta colocarse sobre ella.

Lily tomó el preservativo, rompió el envoltorio con los dientes y se lo entregó.

–Date prisa –dijo con una sonrisa de picardía.

–Sí, señora –replicó Jack, riendo.

En unos segundos se lo había puesto y buscaba la cálida humedad de Lily, apoyándose sobre los brazos y aspirando profundamente el olor a sexo que desprendía.

–¿Me equivoco o prefieres estar encima? –dijo de pronto, mirándola fijamente.

Lily rió a su vez, negó con la cabeza y alzó las caderas.

–Lo único que quiero es sentirte dentro.

Jack cerró los ojos y la penetró con un gemido grave y prolongado, abriéndose paso en su prieto interior. Empujó una vez con fuerza; y otra. Y con cada empuje su garganta se rasgaba en un quejido de placer.

Tenía que frenarse. Quería hacerlo durar.

–Así está bien –dijo cuando encontraron un ritmo pausado, que le permitió apoyarse en los codos. Se meció suavemente y poco a poco fue adentrándose en las profundidades de su cálida cueva–. Así es perfecto.

Lily parpadeó y le clavó las uñas en los hombros sin perder el compás.

Jack no podía dejar de mirarla a los ojos, tan abiertos y confiados, tan hermosos y llenos de deseo. El pecho se le contraía, la garganta se le secaba y la parte inferior de su cuerpo se tensaba con sólo mirarla.

–Vamos a formar un buen equipo, Jack –susurró ella, retirándole un mechón de cabello de la frente–. Ya lo verás.

Jack se puso en guardia por un instante al darse cuenta de la referencia al futuro, pero teniendo en cuenta lo que estaba sucediendo, no fue capaz de hacer ningún comentario sarcástico.

–Formamos un buen equipo, Lily –especificó, acelerando sus movimientos como si quisiera demostrarlo–. Ya lo veo.

Lily se movió al unísono, húmeda y lubricada, deslizándose como si su piel fuera satén. Jack tuvo que morderse el labio para contener la violencia de su deseo. Ella se arqueó e incrementó la velocidad de sus movimientos. Jack apretó los labios y empujó una vez

más hasta el fondo. Y otra. Y otra. Ella giró la cabeza y le rodeó las caderas con los muslos. Su respiración se hizo cada vez más audible y Jack siguió acelerando hasta que sintió que la sacudía un prolongado estremecimiento antes de que empezara a mecerse sin control, musitando su nombre y rogándole que la acompañara. Jack se dejó arrastrar, abandonándose a un primario y frenético impulso que le hizo estallar en el interior de Lily, la mujer elegante, seductora y hermosa a la que todavía no había conseguido ver completamente seca.

Capítulo Tres

El murmullo de un aparato mecánico, la vibración del aire acondicionado, un reflejo luminoso en el pasillo.

Electricidad.

Detrás de Lily se desperezó un cuerpo. Una mano se posó sobre su seno. Un músculo extremadamente masculino le presionó la espalda, creando un tipo de corriente eléctrica muy distinta a la que había puesto en marcha las máquinas. Lily cerró los ojos y se desperezó.

—¿Has tenido dulces sueños, Lily? —la pregunta de Jack, acompañada de un dulce beso en su hombro, le puso la carne de gallina.

Lily asintió con un murmullo de satisfacción y acopló su trasero al vientre de Jack.

—He soñado con comida.

Jack se incorporó sobre el codo, le retiró el cabello de la frente y le besó la mejilla.

—En mitad de la noche me he ofrecido a traer algo de comer. Me encanta el cóctel de gambas en la cama.

Lily arrugó la nariz.

—Se me olvidaba que no sabes comer si no es con mantel y servilleta —añadió Jack.

–Y una mesa tampoco está mal. Ya te enseñaré algunas de las cosas buenas de la vida.

Jack retiró la mano del cuerpo de Lily y se separó de ella levemente, pero lo bastante como para que ella, una experta en lenguaje corporal, intuyera que se sentía incómodo. No le sorprendía. Ya había intuido que transformar a Jackson Locke no iba a ser una tarea sencilla.

–¿Sabes qué? –dijo él, saltando de la cama–. Voy a correr.

–¿A correr? –Lily se volvió para mirarlo y se quedó sin respiración ante la visión de su enmarañada melena dorada cayendo sobre sus ojos y la sombra de una barba incipiente que oscurecía su mentón. Era como una escultura griega, y la idea de convertirlo en un ejecutivo convencional parecía tan imposible como indeseable.

Si lo iba a hacer era porque para eso le pagaba Reggie Wilding y porque, si superaba el reto, tendría trabajo asegurado para mucho tiempo. Sin embargo, era difícil plantearse la situación en esos términos delante de un hombre cuya sola presencia le impedía pensar en otra cosa que no fuera… sexo.

–Sí. Acostumbro a ir al gimnasio a primera hora de la mañana, pero aquí voy a correr a la playa. ¿Quieres venir?

Lily estuvo tentada de acompañarlo por el mero placer de verlo moverse, pero la tormenta había amainado y era de esperar que Reggie llegara en cualquier momento. Negó con la cabeza.

–No, gracias, pero te agradecería que antes de irte hicieras café.

–Si estás dispuesta a esperar, iré al pueblo y te traeré uno especial.

–Mmm, sí, por favor. Un capuchino al caramelo con una tonelada de nata montada –dijo Lily, nombrando uno de sus mayores caprichos, aunque sólo se lo permitiría ocasionalmente.

Jack alzó las cejas en un gesto pícaro.

–Se me ocurren unas cuantas cosas que podríamos hacer con la nata.

–Para eso eres director creativo –bromeó Lily–. Lo siento, pero no pienso compartirla contigo, Me gusta demasiado.

Jack sonrió y deslizó la mano por la cadera y el muslo de Lily.

–Menos mal que no eres modelo de trajes de baño.

Lily lo miró con sorpresa.

–¿De dónde has sacado que pudiera serlo?

–Es lo primero que pensé al verte en el vestíbulo –Jack le apretó la pierna–. Tienes cuerpo como para serlo.

–Gracias… supongo. Pero ¿para qué iba Reggie a invitar una modelo este fin de semana?

Jack alzó uno de sus hombros de granito.

–Nunca sé qué esperar de Reggie –sus ojos verdes brillaron divertidos–, pero tengo que admitir que no podía haber elegido a nadie mejor.

Lily sonrió, halagada por el cumplido a pesar de que estaba segura de Jack no sería tan dulce una vez comenzaran con su proceso de transformación.

–Ya veremos qué tal van las cosas.

Jack pareció aliviado.

–¿A qué te dedicas? ¿En qué trabajas?

¿Su trabajo?

–Éste es…

Un ruido seco y el murmullo de pasos la enmudeció.

–¡Reggie! –susurró con cara de pánico. No se sentía particularmente incómoda con la situación, pero le preocupaba lo que Reggie pudiera pensar.

Llamaron a la puerta.

–¿Señorita Harper? ¿Está usted ahí?

Lily suspiró aliviada al reconocer la voz de la señora Slattery pero, automáticamente, tapó los labios de Jack con la mano y le lanzó una mirada amenazadora.

–Un momento –dijo, al tiempo que se levantaba.

Jack observó su cuerpo desnudo con una mirada en la que se alternaban la risa y la lascivia.

–¿Quieres que me esconda?

Lily se llevó el dedo a los labios para que se callara.

–Por favor –susurró–. Acabamos de conocernos y no quiero que la señora Slattery piense… –señaló el cuarto de baño–. Métete ahí.

Jack alzó la mirada al cielo con resignación y obedeció, mientras Lily se ponía los pantalones y la camiseta. Luego, abrió la puerta unos centímetros y vio que la señora Slattery esperaba pacientemente.

–Señorita Harper, ¡he visto los cristales en su cuarto de baño! –exclamó–. ¡Ha tenido usted una gran idea al venir a dormir aquí!

Lily asintió, relajándose al ver que no tenía que mentir.

–Nos quedamos sin luz en mitad de la noche y rompí algo accidentalmente.

–No se preocupe, ya lo he recogido –dijo la seño-

ra Slattery–. ¿Estaban cenando cuando se fue la luz? La comida sigue en la cocina.

–Sí. Al quedarnos a oscuras, decidimos retirarnos –dijo con la mayor convicción de que fue capaz–. ¿Sabe algo de Reggie?

–Está de camino, señorita. Quería decírselo al señor Jack, pero su dormitorio está cerrado –los grises ojos del ama de llaves brillaron con afecto–. Le gusta dormir.

Además de hacer otras cosas.

–Me instalaré de nuevo en mi dormitorio, señora Slattery. Gracias por ocuparse de mí.

–Para eso estoy, querida. ¿Le gustaría desayunar tostadas y tortilla?

–Sí, por favor. Estoy muerta de hambre –Lily estrechó la mano de la mujer afectuosamente–. ¿Qué tal está su padre?

–Muy bien, gracias.

–Me alegro mucho. Saldré en unos minutos.

En cuanto cerró la puerta, Jack salió del cuarto de baño con los vaqueros puestos, y Lily lamentó no haber podido acariciar una última vez sus poderosos abdominales.

–¿Crees que la has engañado? –preguntó Jack, sonriendo maliciosamente.

Lily se agachó para recoger su ropa interior.

–Tenía que conservar mi dignidad intacta. No me gustaría que creyera que acostumbro a meterme en la cama con desconocidos.

–¿Y lo haces?

Al percibir que se trataba de una pregunta seria, Lily alzó la mirada.

–No, Jack. ¿Y tú?

–Muy ocasionalmente –dijo él con una expresión que indicó a Lily que decía la verdad–, pero tú y yo ya nos somos desconocidos.

–No, aunque espero que me hagas el favor de no mencionar a Reggie este aspecto de nuestra relación.

–¿Reggie? ¿Va a venir? –Jack parpadeó, desconcertado.

–Por supuesto.

–¿Por qué?

Lily frunció el ceño.

–Supongo que pretende que nos pongamos en marcha. Querrá presentarnos formalmente y explicarte lo que puedo hacer por ti.

–De las presentaciones ya nos hemos ocupado nosotros y… –Jack sonrió, insinuante– tú me has demostrado de sobra lo que eres capaz de hacer.

Lily se colocó la ropa interior bajo el brazo y alzó la barbilla.

–Escucha, Jack, ayer me dejé llevar, pero el sexo no formaba parte del acuerdo. Ha sido algo… inesperado.

Jack la miró con una sonrisa dubitativa.

–A mí me gustaría que el sexo formara parte del cuerdo –se encogió de hombros–, pero no puedo hablar por ti.

–Yo preferiría que no se repitiera.

–Está bien –dijo Jack, dirigiéndose hacia la puerta–. Como tú quieras, pero puede que nos aburramos si sólo nos dedicamos a pasear por la playa y a ver la televisión.

–No nos aburriremos –prometió Lily–. Tengo un

montón de actividades planeadas. Tenemos que ir de compras y a cenar al menos a tres restaurantes…

–¿Piensas arrastrarme de compras y a comer por ahí, pero no vas a darme sexo? –Jack sacudió la cabeza al tiempo que chasqueaba la lengua–. No me parece un acuerdo justo. Ya que ha sido algo… inesperado por una noche, ¿no podría repetirse?

Lily no se había visto en una situación parecida en los dos años que estaba al frente de su negocio.

–A lo mejor cuando hayamos acabado.

Jack frunció el ceño.

–¿Como si tuviéramos sexo antes de la ruptura?

–Escucha, Jack, quizá sea sólo mi opinión, pero dormir contigo no me parece lo más apropiado ni… decoroso por el momento, ¿no crees?

Jack se acercó a ella en un par de zancadas.

–¿Quieres saber lo que opino sobre el decoro, Lily? –preguntó con una sonrisa socarrona.

–Deja que lo imagine: ¿que es una estupidez?

Jack rió.

–Exactamente, aunque suelo expresarlo en otros términos –lo que explicaba por sí mismo por qué necesitaba un leve «pulido» para formar parte del sistema–. Pero si prefieres ir de compras en lugar de bailar conmigo, allá tú. Me voy a la playa.

¿Acaso creía que podía elegir su vestuario de ejecutivo sin que se lo probara?

–No puedo ir sin ti.

La mirada de Jack se ensombreció.

–¿De verdad?

–Puede ser divertido –dijo ella–. Y te aseguro que si me dejas hacer lo que sé, puede que llegue a gustarte.

Jack arqueó una ceja y dio un paso atrás.

–No serías la primera en fracasar en el intento.

–Reggie cree en mí. Soy una persona pragmática –dijo ella–. Si tenemos éxito, veo posibilidades a largo plazo.

–Voy a tener que tener cuidado contigo –dijo Jack con una sonrisa de incomodidad–. Eres… implacable.

–Así es –dijo ella con orgullo–. Pero no temas. No te haré sufrir demasiado.

Jack sacudió la cabeza y, tras recorrer el cuerpo de Lily una vez más con la mirada, dijo:

–¿Qué te parece si vivimos el día a día?

–Por mí, encantada –Lily fue hacia la puerta–. No hace falta que traigas café. La señora Slattery va a prepararme el desayuno. Disfruta del ejercicio. Nos vemos cuando vuelvas. Reggie ya habrá llegado.

Jack se llevó la mano a la frente y le dedicó un saludo militar.

–Sí, señora.

–Sigue portándote así y tendremos una relación de lo más placentera, Jack –Lily abrió la puerta y lanzó una rápida ojeada a ambos lados del pasillo.

–Me alegro. Me encanta todo lo que tenga que ver con el placer.

Lily le mandó un beso y susurró:

–Ya lo había notado.

Jack no bajó de ritmo hasta que alcanzó el sendero que conducía a casa de Reggie. Había elegido la costa sur de la isla, rocosa y de mar embravecido, en lugar de la costa atlántica, más llana y de aguas tran-

quilas. Había respirado profundamente el aire salado mientras el tibio sol de septiembre le templaba la piel y la arena le salpicaba las piernas. Corrió hasta que el sudor que le caía por la frente le irritó los ojos. Y ni siquiera así logró librarse de la incómoda sensación de que algo iba mal.

Por más que lo intentaba, no conseguía entender a qué se debía aquella inquietante premonición. Había conocido a una mujer excepcional con la que había pasado una noche de sexo salvaje que esperaba poder repetir las noches siguientes. ¡Qué más daba que quisiera ir de compras! Ya se encargaría él de que, al final del día, hicieran otro tipo de cosas.

Disminuyó el paso al tiempo que se secaba el rostro con la camiseta y miraba a la casa, recortada contra el cielo nublado en lo alto de una colina. El coche de Reggie estaba delante de la puerta.

¡Eso era lo que no encajaba! Si Reggie había pretendido que Lily y él se conocieran y descubrieran qué tal se llevaban, tenía sentido que lo hubiera mantenido en secreto. Lo absurdo era que decidiera hacerles compañía.

Se inclinó hacia delante para apoyar las manos en las rodillas y estirar la espalda. Lily no había llegado a decir a qué se dedicaba, ni había explicado cómo había conocido a Reggie. De hecho, no le había proporcionado ninguna información personal, excepto su nombre… Y sus habilidades sexuales, que él había calificado como excelentes.

Sacudiendo una vez más la cabeza, cruzó la verja de entrada al tiempo que se peinaba el cabello con los dedos y se amonestaba por ser tan suspicaz.

Entró por la puerta de la cocina, y Dorothea Slattery alzó la vista de un libro de cocina y lo saludó con una sonrisa.

–Hola, Dots –sonrió él a su vez–. ¿Cómo estás, querida?

–Hola, señor Jack –la mujer lo observó detenidamente, como si no aprobara su presencia sudorosa en la cocina o el hecho de que no hubiera deshecho su cama.

–¿Cómo está tu padre?

–Muy bien, gracias.

–Siento que dejáramos la cocina desordenada –dijo Jack, guiñándole un ojo.

La señora Slattery le quitó importancia con un gesto de la mano.

–El señor Wilding debería tener un generador. Se lo he dicho un montón de veces, pero siempre está demasiado ocupado.

Jack se apoyó en la encimera y la observó sofreír una cebolla que desprendía un delicioso aroma.

–¿Estás haciendo una tortilla?

Ella le miró con ojos brillantes.

–Con un poco de queso suizo, tomates y tomillo del jardín.

–¿Es para mí? Te adoro, Dots.

La mujer se ruborizó hasta la raíz del cabello.

–La primera es para la señorita Harper, que está desayunando con el señor Wilding, pero si se ducha antes de sentarse en las sillas de seda blanca, le prepararé una.

–¿Es una orden?

–Sí.

Jack resopló.

–Lo que me faltaba, otra mujer diciendo lo que tengo que hacer.

–Tendrá que arreglarse para la reunión, señor Jack.

–¿Qué reunión? –Jack frunció el ceño y robó un trozo de cebolla de la sartén, que se metió en la boca como si fuera un delfín domesticado–. Supongo que bromeas. ¿Cuál es el orden del día?

Dorothea rompió un huevo en la sartén.

–No sabría decírselo, pero el señor Wilding ha mencionado una reunión con la señorita Harper que les llevará casi todo el día.

¿Qué demonios estaba pasando?

–Discúlpame, Dots –Jack dio media vuelta y fue con paso firme hacia el comedor. Desde el otro lado del vestíbulo, oyó la risa profunda de Lily y, por un instante, tuvo la tentación de escuchar a escondidas. ¿Qué habría dicho Lily sobre él? ¿Que le gustaba? Eso había quedado claro la noche anterior, tras su cuarto orgasmo. Caminó con paso decidido y entró en el comedor.

–¿Es verdad que tenemos una reunión?

Reggie alzó la vista de la gigantesca mesa y lo estudió desde detrás de sus gafas.

–¡Ya estás aquí!

A su lado se sentaba Lily, erguida, con el cabello recogido en un moño y las manos entrelazadas sobre el regazo. La viva imagen del… decoro.

Jack los miró alternativamente. Lily alzó la barbilla y le saludó con una inclinación de la cabeza.

Jack se secó de nuevo el sudor con la camiseta, exponiendo sus musculosos abdominales.

–Siento estar sudoroso, Reg –se disculpó ante su jefe–, pero vengo de correr.

–No te preocupes –dijo Reg.

Jack se rascó la mejilla mientras observaba a Lily. Con maquillaje y el pelo recogido perdía su frescura, estaba... seca.

–Buenos días, señorita Harper –dijo con exagerada formalidad, acompañando sus palabras con la insinuación de una reverencia–. ¿Qué tal ha pasado la noche?

Lily permaneció impasible. Sólo la delató un leve temblor en los labios.

–Buenos días, Jackson.

¿Jackson?

Jack dio un paso adelante y se dirigió a Reggie.

–He oído que había una reunión. ¿Para qué?

–Para hablar de la agencia... y de ti.

Al ver la expresión seria de Reggie, Jack sintió que se le formaba un nudo en el estómago.

–¿De la agencia? –si era así, la presencia de Lily era aún más incomprensible.

Disculpándose mentalmente con su ama de llaves favorita, apartó una silla de la mesa y se sentó.

–Creo que no llego a comprender.

Lily dejó la servilleta sobre la mesa y separó la silla hacia atrás.

–Será mejor que tengáis una reunión privada y luego...

Jack la sujetó por la muñeca para impedir que se levantara.

–Quédate donde estás, por favor.

Ella lo miró con expresión suplicante, pero no te-

nía de qué preocuparse. Jack no pensaba ponerla en evidencia; sólo quería aclarar las cosas.

—Tengo la sensación de que sabes más de lo que cuentas, querida.

Ella miró a Reggie.

—Creía que Jack sabía el asunto que tenemos entre manos —dijo en tono severo.

¿El asunto que tenían entre manos? Jack miró a Lily una vez más, fijándose en su formal vestuario y en su actitud tensa.

¿Por qué describía una cita a ciegas como un «asunto»?

El rostro habitualmente impasible de Reggie parecía surcado por más arrugas de las que Jack recordaba; sus ojos, siempre vivarachos, tenían un brillo de… angustia.

—Jack, pensaba habértelo dicho anoche. Por eso te pedí que vinieras pronto y quise acudir puntualmente para iniciar el programa y discutir contigo la estrategia de adaptación.

¿Iniciar el programa? ¿Estrategia de adaptación? ¿Por qué su mejor amigo, jefe y mentor le hablaba como si fuera un cliente?

—No te andes con rodeos, Reg. Soy Jack.

Reggie se reclinó en el respaldo y dejó escapar un resoplido. De pronto aparentaba los cincuenta y seis años que tenía.

—Está bien, Jack: he decidido vender la agencia.

Jack lo miró, perplejo. Luego, parpadeó.

—¿Vas a vender Wild Marketing?

Reggie asintió.

—No puedo evitarlo.

De pronto, Jack creyó haber intuido la verdad y sintió náuseas.

–¿A ella? –exclamó, al tiempo que clavaba una mirada incendiaria en Lily–. ¿Vas a vendérsela a ella?

Reggie rió por primera vez.

–No, no. ¿Qué te hace pensar eso?

–Ya no sé qué pensar –Jack mantuvo la mirada fija en Lily. Llegado aquel punto, lo único que sabía era que Lily no tenía nada que ver con una cita romántica. ¿Por qué no le habría dicho la verdad? ¿Por qué le había engañado?

–Pero sí es cierto que Lily tiene algo que ver con el acuerdo, Jack –continuó Reggie–. Va ayudarnos a superar un leve escollo en el contrato.

Jack se reclinó en el respaldo con cara de resignación.

–Será mejor que empieces por el principio, Reg, porque he sido víctima de un engaño.

Lily sacudió la cabeza y lo miró fijamente.

–No, Jack. Te entendí mal cuando me dijiste que sabías por qué estaba aquí.

–¿Y por qué estás aquí?

Lily miró a Reggie, esperando que diera él las explicaciones pertinentes.

–Jack, la compañía que va a comprar Wild Marketing es Anderson, Sturgeon y Noble.

–Un puñado de pretenciosos gi… idiotas, más tiesos que un palo –Jack clavó la mirada en Lily, que no pestañeó–. Aunque con eso no quiero decir que me caigan mal –añadió con sorna. En ese momento comprendió plenamente lo que Reggie acababa de decir–. ¿Van a comprar Wild? ¿La empresa de Londres?

–Tiene sus oficinas centrales en Londres, pero cuentan con agencias en todo el mundo. Su portafolio incluye a clientes de primera y…

Jack interrumpió a Reggie con un gesto despectivo de la mano.

–Corta el rollo, Reg. Los conozco perfectamente. Pero ¿por qué vas a vender Wild Marketing?

Reggie se cruzó de brazos y se inclinó sobre la mesa.

–No puedo rechazar la oferta que me han hecho.

Jack sintió una honda desilusión. Reggie tenía un cerebro extraordinario para la publicidad, un don excepcional, y una habilidad inigualable para tratar con los clientes.

–Pero ¿por qué quieres vender? –preguntó de nuevo, confiando en recibir una respuesta diferente. No podía creer que se tratara de una cuestión económica.

–Tengo razones de peso, Jack. Sé que las entenderás.

–Eso espero. Cuéntamelas.

Reggie se miró las manos en un gesto que Jack conocía bien: era el truco al que recurría cuando necesitaba ganar tiempo. Cuando alzó la mirada, sus ojos suplicaban benevolencia.

–Tengo una razón de peso.

Pero la sangre de Jack había alcanzado punto de ebullición y le impedía escuchar. Llevaba diez años en Wild Marketing y desde el inicio, él y Reggie habían formado un equipo excepcional, convirtiendo a Wild en la principal agencia de Nueva York. ¿Cómo podía Reggie vender su pequeña y exclusiva compañía a una multinacional sin calidad humana, incapaz de distinguir entre un original y su copia?

No, no. Sacudió la cabeza. Razón de peso. Dudaba que fuera lo bastante convincente.

–Sabes que Anderson, Sturgeon y Noble acabarán con Jack Locke y con tu empresa –dijo en un tono pausado.

–Estaba seguro de que reaccionarías así. Pero he incluido ciertas cláusulas en el contrato. Sólo pueden comprarme si te nombran director general de las oficinas de Nueva York –Reggie miró a Jack, implorante, como si esperara que Jack diera saltos de alegría–. Y por eso está aquí Lily –concluyó, indicando con un ademán que le pasaba la palabra.

Ella se irguió y fijó la mirada en Jack.

–Reggie ha contratado los servicios de mi compañía, The Change Company, para que transforme tu imagen personal y profesional, y la adecue al papel de director general.

Jack creyó que le estallarían las venas. Abrió la boca, pero de ella no salió ni un sonido.

–La transformación incluye un cambio de aspecto y de ciertas pautas de comportamiento –continuó Lily–. He desarrollado una técnica que ha dado excelentes resultados con…

Jack dio un violento puñetazo a la mesa que hizo saltar las tazas de café. Lily ni parpadeó.

–… varias personas –continuó sin inmutarse. Mirando fijamente a Jack, añadió–: Ya te dije que no tenía por qué ser traumático.

Jack desvió la mirada hacia Reggie. Nunca había sentido tanta rabia como la que experimentaba en aquel momento.

–No, gracias. No necesito que nadie me dé lec-

ciones –se inclinó sobre la mesa y miró a Lily como si quisieras atravesarla–. Creí haberlo demostrado sobradamente ayer por la noche.

Lily palideció, pero mantuvo el gesto impasible. Jack se puso en pie lentamente.

–Reg, te deseo suerte.

–Jack, te necesito.

El tono de desesperación que Jack notó en la voz de Reggie, le hizo detenerse.

–Tengo que dejar el negocio –dijo Reggie con tristeza.

Jack entornó los ojos y miró a su amigo especulativamente, pero guardó silencio por temor a lo que pudiera escapar de su boca.

–Sólo venderé a Anderson si dejo al frente a alguien que conozca nuestro negocio y a nuestros clientes –dijo Reggie en tensión.

–Pues espero que encuentres a la persona adecuada, Reg, pero no seré yo quien se ponga traje y corbata. No soy la persona adecuada –Jack ladeó la cabeza hacia Lily–. Ni ésta ha sido la mejor forma de contármelo.

Salió de la habitación, pero Reggie lo detuvo a mitad de las escaleras.

–Espera –le suplicó.

Jack se giró.

–Me marcho, Reg, no sé por qué actúas como lo haces ni qué necesidad tenías de engatusarme con una mujer, pero me voy.

Reggie subió hasta llegar a su altura y posar la mano en su brazo.

–Escúchame –dijo. Y a Jack le inquietó la angustia que reflejaba su rostro–: Samantha se muere.

Por segunda vez aquella mañana, Jack se sintió como si acabaran de abofetearlo.

–¿Qué? –preguntó, perplejo.

–Tiene un tumor inoperable en el cerebro –los ojos de Reggie se inundaron de lágrimas, y Jack sintió un nudo en la garganta–. Tengo que darle lo que le he robado todos estos años por haber estado demasiado ocupado persiguiendo mis propios sueños.

Jack, paralizado, lo miraba sin lograr asimilar la noticia.

–Quiero dedicarle tiempo, Jack. Quiero estar con ella cada minuto del día.

–¿Estás seguro? –Jack no quería creerlo. No era posible. No podían estar hablando de la mujer más buena y más dulce del mundo–. ¿Has pedido una segunda opinión?

Una chispa prendió en los ojos de Reggie.

–Eso es lo otro que puedo ofrecerle. Sólo hay una remota posibilidad de operarla, pero la tecnología y los cirujanos están en Europa, y cuestan una fortuna.

–Tienes dinero, Reg –Jack hizo un ademán con el brazo–. Vende la casa.

Reggie asintió.

–Tienes razón. Pero si la operación sale bien, quiero dedicar todo mi capital a conseguir que ese tipo de cirugía llegue a Estados Unidos. Y si no funciona, quiero donar millones a la investigación. Millones que conseguiré –apretó el brazo de Jack– con la venta de Wild Marketing.

¿Cuántos golpes podía recibir un hombre en un solo día?

–Pero Anderson quiere un directivo experimentado al mando, Jack. Quieren al hombre que ha estado conmigo los últimos diez años. El hombre que, como los dos sabemos, ha hecho crecer la reputación de esta empresa porque está dotado de la mente más creativa de toda la industria.

Jack le sostuvo la mirada.

–Pero lo quieren con un corte de pelo militar y encorbatado.

Reggie sonrió.

–No es para tanto. Sólo te pido que trabajes con Lily y te dejes… «pulir» un poco. Es buenísima, Jack. No sabes lo que es capaz de hacer.

–Creo que sí.

Reggie alzó una ceja.

–Veo que te ha impresionado.

Jack esbozó una tensa sonrisa.

–Lo siento. No puedo hacerlo.

–¿Ni siquiera por Samantha?

–Ése es un golpe bajo, amigo.

–Hazlo por mí –suplicó Reggie–. Trabaja con Lily Harper, convence a Anderson, quédate en el puesto durante un año y luego, serás libre de hacer lo que quieras –volvió a apretar el brazo de Jack–. Te prometo que, para entonces, habré vuelto.

Lily apareció en el arco que daba acceso al comedor. Aun con el cabello recogido y vestida con un estilo tan conservador, estaba preciosa. Sus ojos azules se clavaron en Jack, desafiantes.

Era verdaderamente irresistible ¿Por qué le ponían en aquella encrucijada? ¿No se daban cuenta de que la maniobra estaba abocada al fracaso? Lily podía cor-

tarle el pelo, obligarle a calzarse y a utilizar los cubiertos correctamente, pero no conseguiría cambiar su esencia.

—¿Cuánto tardas en conseguir renovar a alguien, Lil? —preguntó.

Ella alzó la barbilla.

—Una semana como mucho.

—De acuerdo —dijo. Y la derritió con una insinuante mirada—. Hagámoslo.

Y lo harían. Cada noche.

Capítulo Cuatro

Lily guardó silencio hasta que Jack desapareció en la planta superior. Luego, miró a Reggie.

–Bueno –dijo éste, esbozando una sonrisa forzada–, no ha ido tan mal como me temía.

Lily fue hasta el pie de la escalera.

–Siento muchísimo lo de tu mujer, Reggie. No sabía que hubiese una razón tan personal y dolorosa para que vendieras la compañía.

–Me hubiera gustado que Jack estuviera de acuerdo.

–Le demostraré que cambiar no significa venderse.

Reggie respiró profundamente.

–¿Alguna vez has tenido que vencer la resistencia de un cliente?

–La mayoría me han contratado porque querían mejorar su imagen, así que no he tenido problemas. Pero Jack sabe lo importante que esto es para ti y para tu negocio.

–Necesito vender –dijo Reggie, apretándole el hombro–. Y sin Jack, la venta fracasará porque todos los clientes se irán con él.

–Puedo hacer de él un ejecutivo presentable, Reggie –le tranquilizó Lily–. ¿Te quedarás unos días para ayudarme?

–Lo siento, Lily. Tengo que volver junto a Samantha.

–Lo comprendo.

–Por favor, despídete de Jack de mi parte –hizo un gesto con el mentón hacia la escalera–. Las rabietas suelen durarle poco.

Lily sonrió.

–No te preocupes.

En realidad, lo mejor era quedarse a solas con Jack, pero le preocupaba ser vulnerable a su atractivo sexual. Por otro lado, suponía que Jack habría perdido todo interés en ella.

–¿Sabes, Lily? –dijo Reggie mientras se ponía el abrigo–. Te he contratado porque intuí que tenías la firmeza y determinación necesarias para manejar a Jack –ella le dio las gracias. Reggie añadió–: Pero ten cuidado y no aflojes las riendas.

–No te preocupes, podré controlarlo –mientras no se fuera la luz y la señora Slattery no los dejara solos.

Reggie rió.

–No estés tan segura. Deja que te dé un último consejo –Lily lo miró, expectante. ¿Se habría dado cuenta de lo que había pasado y le sugeriría que lo evitara en el futuro?–. Si lo consigues, recibirás una bonificación.

Lily suspiró, aliviada.

–No es necesario. Me vas a pagar un buen salario.

–No se trata de dinero, sino de una oferta laboral. Si consigues que Jack impresione a los ingleses, y me compran la compañía, puedo garantizarte un contrato en exclusividad con la empresa Anderson, Sturgeon y Noble. Sé que buscan un asesor de imagen para los altos ejecutivos de sus veintiséis oficinas.

Lily lo miró, boquiabierta.

–Sería maravilloso, Reggie –tuvo que contenerse para no besarlo.

Reggie se abrochó el abrigo.

–Y espero que lo consigas. Pero te aseguro que no tienes un trabajo fácil entre manos. No se trata de cambiar a Jack superficialmente. Tienes que conseguir que piense y actúe como un hombre distinto –sonrió al tiempo que abría la puerta–. Me mantendré en contacto. La señora Slattery se ocupará de todas tus necesidades. Cuento contigo.

–No te decepcionaré –prometió ella, estrechándole la mano.

–Buena suerte, Lily –Reggie bajó la escalinata de entrada. Al llegar al coche se volvió–. Y recuerda: Jack es un genio de la publicidad. Intentará convencerte por todos los medios de que te equivocas –arqueó una ceja y enfatizó–: Hará lo que sea.

–Gracias por avisarme –Lily se ruborizó ante la abierta insinuación de Reggie a las tácticas de Jack.

Mientras el coche se perdía en la distancia, Lily se quedó pensando en la última parte de la conversación. Tenía mucho que ganar con aquel proyecto y sería una estúpida si dejaba que Jack la distrajera de su objetivo. Lo que había pasado la noche anterior había sido excepcional en todos los sentidos. No volvería a repetirse.

Después de tantos años estudiando y luchando para mejorar, podía alcanzar la seguridad económica que tanto ansiaba. Un cliente como Anderson, Sturgeon y Noble representaba una oportunidad que no podía dejar pasar.

Dio media vuelta y se chocó contra una sólida pared de músculos.

Jack esbozó una sonrisa maliciosa al tiempo que la miraba fijamente.

—Ahora sólo quedamos tú, yo y el ama de llaves. ¿Sabes lo que eso significa?

—¿Qué? —preguntó ella.

—Que somos mayoría los que pensamos que no necesito cambiar.

—No estés tan seguro. No creo que a la señora Slattery le importara que usaras zapatos —le señaló los pies—. Podemos empezar por ahí.

Jack se balanceó sobre los talones. Como de costumbre, llevaba el primer botón de los pantalones desabrochado.

—¿Sabes una cosa, Lil? Esta mañana he pensado por un momento que querías ir a comprar un anillo de compromiso.

Lily puso los ojos en blanco.

—¿Para qué iba a querer un anillo?

—Pensaba que estabas buscando marido.

—¿Marido? —Lily puso el dedo en el desnudo torso de Jack—. Yo no necesito un marido.

—Entonces, estamos de acuerdo, señorita Decoro —Jack le tomó la mano y se la colocó sobre el pecho—, porque yo no necesito cambiar.

—Lo siento, pero vas a tener que hacerlo —dijo ella sin mover la mano ni un milímetro—. Ven a verme a la biblioteca en cinco minutos y te explicaré el plan.

—Vayamos a trabajar a la playa —dijo él.

—No puede ser. Necesito tener el ordenador a mano —Lily intentó soltarse, pero Jack se lo impidió.

–Cuéntame el plan junto a las olas. La biblioteca me da claustrofobia.

–Estamos en septiembre y hace frío.

–Podemos darnos calor el uno al otro.

Lily se sintió atravesada por una corriente de placer al tiempo que en sus oídos resonaban las palabras de advertencia de Reggie.

–Nos vemos en la biblioteca –dijo con determinación–. Y ponte una camisa.

–Con lo de la biblioteca, estoy de acuerdo, pero sin camisa.

–Jack, no estamos echando un pulso.

Jack le sujetó la mano con firmeza y la deslizó sobre su torso hasta detenerla justo encima de la cintura del pantalón.

–No es un pulso, sino una declaración de guerra –dijo.

Lily metió un dedo detrás del corchete y puso el pulgar delante.

–Nos vemos en la biblioteca –repitió, al tiempo que, con un hábil giro de la muñeca, le cerraba los pantalones–. Ponte lo que quieras.

–Tengo un plan.

Lily alzó la vista desde detrás del escritorio de Reggie y tuvo que contenerse para no dar un grito de alegría al ver que Jack se había puesto una camiseta negra.

–Soy yo quien tiene un plan –dijo, bajando la pantalla del portátil.

–Pero el mío es mejor –aseguró Jack, dejando una humeante taza de café delante de ella como si quisie-

ra demostrar que acudía en son de paz. Luego, se sentó en un sofá, al otro lado del escritorio y exclamó–: ¡Cuánto odio esta habitación!

–¿Qué tiene de malo? –preguntó Lily, deslizando la mirada por los estantes llenos de libros y los elegantes grabados que colgaban de las paredes–. Tiene un aire muy masculino.

Jack cerró los ojos.

–Tiene demasiadas paredes.

–Yo sólo cuento las habituales: cuatro.

–Deberías ver mi loft –dijo Jack–. Sólo hay dos paredes. El resto, son ventanales con vistas a Nueva York. No tengo ni cortinas ni barreras.

–Ni intimidad.

–Si lo que quiero es intimidad, apago las luces. Ya sabes que me muevo bien en la oscuridad.

Lily pasó por alto el último comentario.

–Dos paredes y mucho cristal… Está claro que eres un hombre al que no le gustan las limitaciones ni los obstáculos.

Jack rió quedamente.

–No creo que necesites ver mi casa para llegar a esa conclusión –se acomodó en el sofá, alargando las piernas y apoyando la cabeza en el respaldo. Parecía el modelo de un póster sobre sexo ilícito–. Bueno, señorita Decoro, ¿por qué no me cuentas tus planes y yo te cuento los míos?

Lily levantó la pantalla del ordenador y carraspeó.

–De acuerdo –tras una pausa, continuó–: He diseñado un programa de cinco pasos para altos ejecutivos. ¿Quieres que te lo explique?

–Estoy ansioso por oírlo.

–Incluye trabajar las siguiente áreas: aspecto, protocolo, lenguaje corporal, verbal y no verbal, comunicación y organización.

–A ver si me he enterado –dijo Jack–. Ir de compras y cortarme el pelo resuelve el aspecto; la cena en un restaurante con muchos cubiertos cubre el protocolo. Una conversación ficticia por teléfono bastará para trabajar la comunicación verbal y no verbal, lo que deja sin resolver el apartado de organización. ¿Qué te parece si, como primer ejercicio, doblo tu ropa después de quitártela? –dedicó a Lily una sonrisa triunfal–. No está mal, ¿no?

–Has olvidado el lenguaje corporal.

Jack le guiñó un ojo.

–De eso nada. Viene después de quitarte la ropa.

–Jack –dijo Lily, irguiéndose para no quedar encogida en la butaca reclinable de Reggie–, es un poco más complicado e intenso que todo eso. Seguir un programa completo de transformación también incluye algunos ejercicios de introspección: descubrir quién eres, identificar tus fallos y puntos débiles…

–No pierdas el tiempo. Conozco perfectamente mis fallos –interrumpió Jack–: me gusta dormir hasta tarde y comer chocolate. En cuanto a mis puntos débiles, tú misma los descubriste anoche con tu lengua, cariño.

Lily sintió que le quemaban las mejillas.

–Me refiero a aspectos de tu vida profesional y a cómo te enfrentas al trabajo.

–Me enfrento al trabajo como me da la gana –dijo él, echándose en el sofá como si estuviera en el diván del psicólogo.

–Después –continuó Lily, ignorando el comentario–, tendrás que pasar un examen final.

Jack giró la cabeza para mirarla.

–Te voy a dar material de introspección: soy un tipo creativo que odia los exámenes. De no haber sido por una beca de béisbol que en realidad no me merecía, ni siquiera habría podido entrar en la universidad de segunda clase en la que estudié.

Lily creyó percibir en su tono beligerante un soterrado sentimiento de vergüenza con el que se identificaba plenamente.

–Jack, te prometo que va a ser una experiencia positiva. Sé que no quieres introducir ningún cambio en tu vida, pero tengo la convicción de que te va a sentar bien. Y Reggie piensa lo mismo.

–No es más que una pérdida de tu tiempo, de mi energía y del dinero de Reggie, pero haremos lo que tú mandes –se encogió de hombros–. Ahora, ¿quieres oír mi plan?

–Yo soy la entrenadora, Jack. Tú, el pupilo.

Los ojos de Jack brillaron con escepticismo.

–¿Cuánto tiempo vamos estar aislados en esta isla: seis días y cinco noches? –preguntó.

–No tenemos que trabajar todo el tiempo –dijo Lily, haciendo un clic para cambiar de pantalla y consulta el horario que había diseñado–. Si todo va bien, dispondrás de tiempo libre.

Jack se puso en pie muy lentamente, rodeó el escritorio hasta quedarse de pie junto a Lily. Ella alzó la cabeza para mirarlo y el respaldo del asiento chirrió al inclinarse hacia atrás.

–Estoy dispuesto a ser tu conejillo de Indias du-

rante el día para que me conviertas en el director soñado por los ingleses.

Lily lo miró con desconfianza. No podía ser tan sencillo.

–¿Dónde está la trampa?

Jack posó las manos en el respaldo y los reclinó hasta que los pies de Lily se separaron del suelo.

–Por la noche… –Jack hizo girar la silla trescientos sesenta grados–, intercambiamos los papeles.

Lily se asió con fuerza a los brazos de la butaca.

–¿En qué sentido?

–Tú estás al mando durante el día –Jack se inclinó sobre ella, con las piernas a horcajadas, hasta que su pecho quedó a unos centímetros de su inmaculada blusa blanca. Echó el respaldo un poco más hacia atrás, hasta dejarla prácticamente horizontal–. Y yo decidiré qué pasa por làs noches.

–Tendré que pensarlo –dijo ella, haciendo un esfuerzo sobrehumano por aparentar indiferencia.

–Piénsalo cuanto quieras –dijo él, antes de besarla. Lily sintió que la sangre le subía a la cabeza y le retumbaba en los oídos. Se asió a los hombros de Jack y le devolvió el beso. Sus labios sabían a chocolate y nata–. ¿Qué me dices? –preguntó él, sin apartar sus labios de los de ella–. ¿Aceptas el trato?

–Jack, yo…

–Di que sí –Jack le pasó la lengua por el labio inferior–, y prometo cumplir con el programa. Aunque te demostraré que no puedes cambiarme –frotó su nariz contra el mentón de Lily y susurró–: Tú te encargas de los días y yo de las noches.

Lily cerró los ojos para intentar pensar, pero fra-

casó. ¿Quién podía pensar cuando estaba siendo seducida por semejante ejemplar de testosterona?

–Vamos, Lily. No tienes nada que perder.

Su salud mental, su cliente, su cabeza.

–Mi equilibrio emocional.

–Eso es lo divertido –Jack acabó de reclinar el asiento y le alzó las caderas para que encajaran en las suyas–. ¿Aceptas el trato?

Lily sentía su calor y su energía sexual. Su cabello le acariciaba la cara, sus brazos musculosos la mantenían suspendida en el aire, cabeza abajo. Su sexo firme se endurecía contra su vientre. Y todo ello contribuía a hacerla sentir embriagada, salvaje, fuera de sí.

–De acuerdo.

Cerró los ojos, creyendo que Jack la besaría, deseando que lo hiciera.

Pero él se limitó a enderezar la butaca y alejarse, dejándola decepcionada y frustrada.

–Está bien, Vayamos de compras.

Lily parpadeó.

–¿De compras?

–Creía que el aspecto era el primer punto del programa.

–Y lo es –Lily se estiró la falda–. Empezaremos comprándote un nuevo vestuario.

–Y algo para que te pongas tú esta noche –Jack ladeó la cabeza hacia la puerta–. Ven a la cocina en cinco minutos. Conduzco yo.

Lily se quedó mirándolo, preguntándose cómo había consentido que Jack se saliera con la suya.

Capítulo Cinco

Jack tomó las llaves del Jeep de un gancho de la cocina en lugar de las del Mercedes. Era más su estilo de coche, y más en un día caluroso como aquél, que podría conducir con la capota bajada y una guapa mujer a su lado con la que iría… de compras.

Afortunadamente, había tenido tiempo para pensar en una estrategia. No arruinaría los planes de Reggie; haría lo necesario para que pudiera vender la compañía. Luego, convencería a los estirados ingleses que no necesitaba cambiar, o les ayudaría a buscar un sustituto. Era la única solución posible, y Reggie no estaba en su sano juicio si creía que él, Jackson Locke, iba a adoptar el estilo de un ejecutivo.

Pero, entre tanto, se aprovecharía de las circunstancias y disfrutaría de la estancia en una preciosa casa con una mujer hermosa y sensual. No pondría en riesgo la ayuda que Reggie necesitaba para ayudar a Sam, una mujer a la que amaba y admiraba tanto que se negaba a aceptar que pudiera morir. Seguiría el juego a Lily Harper. Y luego, ella tendría que seguir el suyo.

–¿Dots? –llamó al ama de llaves–. Vamos al pueblo. ¿Necesitas algo?

Dorotea salió del lavadero con una toalla a medio doblar.

–No, gracias. Estaba preguntándome si preferiría cenar un guiso de rape o bacalao al horno. ¿Qué le apetece más?

–Si haces el guiso, me caso contigo, Dots.

Ella rió.

–Si fuera cuarenta años más joven y pesara treinta kilos menos, aceptaría gustosa.

Lily apareció en la cocina en ese momento. Se había cambiado, y vestía unos pantalones de lino y un jersey. Estaba mucho más atractiva que con el conjunto de institutriz, pero no tanto como desnuda al salir de la ducha.

–¿Qué haría gustosa? –preguntó a la señora Slattery.

–Un guiso de rape y bacalao al horno para la cena de esta noche.

–Estoy segura de que las dos cosas estarán deliciosas, pero tenía pensado algo más formal. ¿Puede recomendarnos el mejor restaurante del pueblo?

La señora Slattery pareció desilusionada.

–Está usted en él, pero si insiste en cenar fuera, supongo que pueden probar el Sconset. Puede que sea un poco caro, y si no quieren competir con los turistas, yo misma podría cocinar alguno de sus platos.

–¡Qué gran idea! –dijo Jack.

Pero Lily no se dio por vencida.

–Necesito un sitio con muchos cubiertos y copas.

–Y si nos quedamos aquí –bromeó Jack–, tendremos que comer con los dedos.

Lily lo fulminó con la mirada.

–¿Y para qué quieren todo eso? –preguntó Dorotea, sorprendida.

–Porque voy a recibir lecciones de etiqueta –dijo Jack, sacando una botella de agua del frigorífico–. Parece que Reggie y Lily piensan que debo cambiar de imagen. Hasta quieren que me corte el pelo.

–¡Cortarse el pelo! –la señora Slattery abrió los ojos con horror–. Pero ¿por qué? Está perfecto como está.

Jack rió.

–Lily, tienes que reconocer que es sincera.

Lily ni se inmutó.

–Sólo queremos hacer algunos cambios pequeños, señora Slattery, para adaptar a Jack al papel de presidente de la agencia.

–¿Los presidentes tiene que tener el pelo corto? –preguntó ella.

–Tienen que presentar cierto tipo de imagen –dijo Lily–. Y han de saber cumplir unas mínimas normas sociales y de protocolo. Sólo necesita unas cuantas lecciones, pero le prometo que seguirá siendo perfecto.

El sarcasmo con el que tiñó sus últimas palabras hizo sonreír a Jack.

–Pues deje en paz su pelo –masculló la señora Slattery, volviendo al lavadero.

–Vamos Dots, no te enfades –Jack le guiñó un ojo a Lily–. Si quiere, puede tocarme el pelo. Lo único que queremos evitar es que me lo corte.

Dorothea giró la cabeza y los miró alternativamente. Finalmente se concentró en Jack, al que miró con afecto.

—No le dejaran entrar en ningún restaurante sin traje y corbata, señor Jack –le advirtió–. ¿Quiere que…?

—Para el final del día, tendrá varios trajes –la tranquilizó Lily.

Jack hizo girar el llavero del coche en el dedo.

—Va a ser un día divertido. Vámonos, señorita Decoro. Dots, por favor, haz una reserva en Toppers. Si no es posible, prepara la cena y ya saldremos mañana.

La señora Slattery lo miró con ojos de entusiasmo.

—Ya he cortado tomillo del jardín para el guiso.

Jack le mandó un beso antes de indicar la puerta con el brazo.

—Señorita Harper, su carroza la espera.

Lily lo acompañó hasta el garaje y se detuvo a admirar el SLR McLaren que Reggie reservaba para ocasiones especiales.

—¡Caramba! –exclamó, alargando la mano hacia él sin atreverse a tocarlo.

—Es lo que consigues con cuatrocientos mil dólares –Jack se limitó a lanzarle una mirada, pero advirtió la admiración que despertaba en Lily.

—¿Eso es lo que cuesta?

—Creo que Reggie lo consiguió por trescientos ochenta y cinco mil. Es lo más parecido a un bebé que él y Sam han tenido.

Al mencionar a Sam se le encogió el corazón. Para borrar ese angustioso pensamiento, abrió la capota del Jeep enérgicamente.

—Este pequeño sí que ronronea –dio una palmadita afectuosa en el lateral al tiempo que sujetaba la

puerta abierta para Lily–. Te voy a llevar por el recorrido más pintoresco.

–Todos lo son en Nantucket –dijo ella, sentándose y abrochándose el cinturón.

–Los colores de septiembre son impresionantes, pero los de octubre te van a volver loca.

Lily deslizó la mirada con melancolía por el Mercedes.

–Ese coche sí que me vuelve loca.

Jack la miró con sorpresa y metió la llave en el contacto.

–No me imaginaba que te gustaran tanto los símbolos de estatus, Lil –se inclinó para ver la marca de su bolso–. No veo que lleves Fendi ni Kate Spade.

–Todavía no –dijo ella en un tono que puso a Jack en guardia.

–Así que eso es lo que te motiva, la búsqueda del santo dólar.

Lily no contestó hasta que salieron del garaje.

–No creo que haya nada malo en que te gusten las cosas buenas de la vida, o es que a ti no te gustaría tener un coche como ése si pudieras.

Podía ser verdad, pero Jack no quería admitirlo. Paró el coche en lo alto de una cuesta y puso el freno de mano.

–Mira qué vistas –dijo, señalando hacia las colinas salpicadas de casas, rodeadas de bosques color topacio, y al mar coronado de espuma blanca–. Eso sí que es una de los grandes lujos de la vida ¿Qué más da contemplarlo desde un Jeep o desde un Mercedes? La vista sigue siendo maravillosa –metió la marcha y arrancó–. Pero es interesante saber cuáles son tus motivaciones.

Pudo percibir el enfado que sus palabras causaron a Lily.

–No estamos aquí para hablar de mis motivaciones.

–Aun así, está bien saber qué te inspira –suspiró con resignación. Le decepcionaba saber que a Lily Harper le gustaba el dinero.

–El dinero no es lo que me inspira –dijo ella a la defensiva–, pero no veo nada malo en valorar la comodidad y la libertad que te proporciona. ¿Te parece inmoral?

Jack rió.

–Escucha, estás hablando con el defensor de la inmoralidad. Querer ganar dinero no tiene nada de malo. Lo que es pecado es la avaricia.

Lily se giró para mirarlo.

–No tiene nada de avaricioso trabajar para ganarse la vida, o en necesitar seguridad y bienestar. Y tampoco creo que sea un pecado preferir tener un buen coche y buena ropa.

Jack tuvo claro que había tocado un punto sensible y decidió recordarlo por si necesitaba usarlo en el futuro.

–¿Cómo se convierte uno en asesor de imagen? –preguntó tras una pausa–. ¿Has estudiado para ello o improvisas de acuerdo a las circunstancias?

–He hecho numerosos cursillos –dijo ella en tono distraído–. Pero lo interesante son las palabras que has elegido. ¿Tú improvisas? ¿Es ése tu estilo empresarial?

Jack rió calladamente.

–Si tuviera un estilo empresarial, tú no estarías aquí. Y claro que improviso. Para eso soy el director creativo.

–¿Cómo llegaste al mundo de la publicidad?

Igual que a todas partes, por la puerta de atrás. Dibujo un poco y no se me da mal escribir. Es el único negocio en el que puede aceptar a un inconformista –cerró los ojos un segundo–. O quizá, «era» sea el tiempo verbal más adecuado.

–No tienes que amoldarte –dijo Lily–, basta con que sigas algunas normas. ¿Es tan difícil?

Jack posó al mano en el muslo de Lily y notó sus músculos tensarse.

–Las normas y yo no nos llevamos demasiado bien.

Lily no hizo nada por retirar la pierna.

–Plantéatelo como un juego, Jack. Tú les dejas creer que encajas para que todo el mundo esté contento y luego, haces el trabajo que te gusta hacer.

–Dicho así, suena de lo más sencillo y razonable.

–Ése es mi trabajo –dijo ella–. Y recuerda que estás haciendo esto por una buena causa.

Jack la miró de soslayo. El viento le arremolinaba algunos mechones de cabello; uno de ellos se le pegó a los labios, y Jack alargó la mano para retirárselo detrás de la oreja.

–Te aseguro que si no fuera por eso, este fin de semana tomaría una dirección muy diferente.

–Deja que adivine… ¿La horizontal?

–O de pie, junto a la galería de la primera planta de la casa, contemplando la puesta de sol en el océano. O quizá aquí mismo, en la parte de atrás del Jeep –Jack señaló con el pulgar el asiento trasero y vio que Lily contenía la risa–. Aunque también podríamos tomar prestado el velero de Reggie.

–¡Oh, nunca he navegado!

–Pues podemos ir a Cape Cod durante la semana.

–¿A Cape Cod? ¿Podemos ir y volver en un día?

Jack se encogió de hombros.

–Se tarda unas cuatro horas. Pero podemos alojarnos en casa de mi hermana en Rockingham. A no ser que esté en el hospital, dando a luz.

–¿Está embarazada?

–Sí. Espera una niña. ¿Tú quieres tener hijos, Lil?

A Lily no pareció molestarle el cambio de tema.

–Estoy demasiado ocupada como para considerarlo –Jack reinterpretó el comentario como «demasiado ocupada trepando la escala profesional para ganar mucho dinero». Lily preguntó a su vez–: ¿Y tú?

Jack decidió evitar los eufemismos.

–Me gusta levantarme y hacer lo que me place. Ni una esposa ni hijos encajan en ese estilo de vida –contestó, en lugar de decir «no he encontrado la persona adecuada» o «algún día».

Giró hacia la calle principal de Nantucket. Unos metros por delante, vio desaparcar un lujoso coche.

–¡Fantástico! Los dioses del aparcamiento nos sonríen.

–Me alegro. Espero que los de las compras, también.

–No suelo invocarlos. Pero ahí está el Toggery –dijo Jack, señalando la única tienda de hombre con clase del pueblo. No he entrado nunca, pero supongo que tiene todos los trajes y corbatas que tu conservador corazón ansía.

Lily lo miró con ojos brillantes.

–Perfecto. Y gracias por ser tan amable.

–No es cuestión de amabilidad. Tengo intenciones ocultas.

–¿Cuáles? –preguntó Lily cuando ya se bajaba del coche.

–Tengo entendido que tienen unos excelentes probadores –Jack le guiñó un ojo–. Quizá puedas ayudarme a... cambiarme.

Lily rió, pero Jack notó que no estaba segura de si hablaba en serio o en broma.

A Lily le encantó el estilo clásico de la tienda y de los dependientes de la tienda, y tuvo la seguridad de poder encontrar la ropa que Jack necesitaba.

En cuanto entraron, se lanzó a repasar los percheros, evaluando con ojo avezado la calidad, el corte y la talla de cada traje. Jack la seguía con desgana y dejando escapar algún comentario sarcástico que otro pero, en conjunto, manteniendo una actitud positiva.

–Disfrutas con esto, ¿verdad? –preguntó, al verla seleccionar las prendas que encajaban en su visión de un director de agencia de publicidad.

–Solía trabajar de compradora personalizada –dijo ella, distraída, estudiando el cuello de una camisa antes de devolver la percha al raíl.

–¿Solías? ¿Es así como te pagaste la carrera?

Lily se ruborizó. Sus clientes tenían carreras universitarias y procedían de familias de clase media-alta. Ella, no. Y aunque estaba haciendo lo posible para cambiar las cosas, todavía no había conseguido dejar de avergonzarse de sus orígenes.

–No –dijo, al tiempo que sostenía delante de Jack una camisa azul celeste–. Ésta puede servir.

Jack le hizo apartar la camisa.

–¿Dónde fuiste a la universidad?

–No fui. No, demasiado azulona. No va bien con tus ojos.

Jack puso los ojos en blanco y la siguió hacia la siguiente percha.

–¿Dónde vives, Lily?

–En las afueras de Boston.

–¿Creciste allí?

Lily volvió a ruborizarse.

–Por la zona.

–No tienes nada de acento.

Lily seleccionó otra camisa y se la dio a Jack.

–Toma. No, he intentado eliminar mi acento.

–¿Por qué?

Porque era espantoso y la identificaba como de clase trabajadora.

–En mi trabajo, es mejor tener un acento neutro.

–¿Y cómo pasaste de compradora profesional a asesora de imagen de ejecutivos?

En cuanto abandonaron el tema de su infancia, Lily se relajó.

–Fue un paso natural –dijo, acercándose a las corbatas–. Siempre me ha gustado observar a la gente y decidí hacer algunos cursillos y leer muchos libros. Luego, abrí la oficina –miró a Jack, entornando los ojos–. Ahí tiene los probadores –dijo, pasándole un traje completo–. En marcha.

–¿No quieres desnudarme?

Aunque Lily pensó que lo haría encantada, se limitó a decir:

–Cámbiate y déjame ver cómo te queda.

Al cabo de unos minutos, le oyó carraspear y salir. Al volverse a mirarlo, estuvo a punto de dejar escapar un silbido de admiración. El traje le quedaba como si lo hubieran cortado para él. Llevaba la chaqueta oscura abierta sobre una inmaculada camisa blanca con el botón del cuello desabrochado y, como siempre, iba descalzo. Incluso con su mata de pelo cubriéndole parcialmente los ojos y su pícara media sonrisa, el traje transformaba al chico malo y sexy en un hombre con poder.

—¡Caramba! —exclamó—. ¡Hay que ver lo que hace un pequeño cambio de vestuario!

Jack se dirigió a un espejo y se miró durante una fracción de segundo.

—Vale —dijo en tono indiferente—. ¿Ya hemos acabado?

—Espera —Lily tomó dos corbatas y fue hacia él—. Relájate y disfruta de la experiencia.

—Eso mismo dice mi dentista.

Lily puso una corbata contra el pecho de Jack y luego la otra.

—El amarillo es demasiado conservador —dijo, cambiándolas de nuevo—, en cambio el rosa… ¿Tienes algún problema con el rosa?

—Con el rosa no, con las corbatas —Jack le quitó una y la enlazó en la muñeca de Lily—. A no ser que incluyan algunos nudos y el cabecero de una cama.

Lily no pudo evitar sonreír. Le puso la rosa alrededor del cuello.

—Me alegro —dijo, abotonándole—. Un hombre que usa una corbata rosa proyecta una gran seguridad en sí mismo.

—Más bien dice que es un idiota por llevar un lazo

al cuello –Jack metió los dedos entre el cuello de la camisa y la garganta y fingió ahogarse.

–¿Por qué usa la gente estas cosas?

–Porque la corbata apropiada influye en cómo te perciben los demás.

Jack volvió a tirar del cuello.

–¿Quieres decir que cuanto más grande es la corbata, más grande es aquello hacia lo que señala?

Lily siguió atándole el nudo sin inmutarse.

–La sexualidad es parte de ello, sí –le dio una palmadita en el pecho y se separó unos pasos para verlo en conjunto–. Ésa te queda muy bien –dijo, haciendo que se girara para verse en el espejo–. Mírate. En Londres se van a quedar boquiabiertos.

–Preferiría conseguir ese efecto con mi trabajo –masculló Jack mientras empezaba a quitarse la chaqueta–. Eso es lo que debería importarles. Cómpralo y vámonos. Quiero ir a otra parte.

Lily volvió a colocarle la chaqueta.

–No hemos acabado. Necesitas más trajes, varias corbatas. Y zapatos.

–Ya tengo zapatos. Me los he puesto para venir.

–Jack, necesitas un vestuario completo. Y los zapatos que traías deben de tener más de cinco años.

–Seis –corrigió él, al tiempo que conseguía quitarse la chaqueta, la dejaba sobre una silla y se aflojaba el cuello de la camisa camino del probador.

Dos minutos más tarde, salió con los vaqueros, la camiseta y los viejos zapatos con los que había llegado. Devolvió a Lily el resto de la ropa.

–Mi talla de zapatos es la doce. Confío en tu gusto. Nos vemos al atardecer.

Lily fingió mantener la calma.

–¿Dónde vas?

–A donde pueda respirar –dejó las llaves sobre la pila de ropa que sostenía Lily–. Volveré a casa por mi cuenta. Ya hemos cumplido con el programa por hoy. Si sigo aquí un minuto más, me volveré loco. Y, Lil, te aseguro que no te gustará verme así.

Sin dar tiempo a que Lily respondiera, salió de la tienda, dejándola con el peso de la ropa y la convicción de que ninguna mujer poseería nunca del todo a Jack Locke.

Y Lily prefirió no preguntarse por qué ese pensamiento le encogía el corazón.

Capítulo Seis

Jack llamó a la puerta del dormitorio de Lily antes de abrirla.

–¿Estás vestida, señorita Decoro?

–Sí.

–¡Qué lástima!

Lily estaba delante del tocador, cepillándose el cabello. Llevaba unos pantalones de algodón y un jersey color pastel.

–Tenías razón –dijo Lily–. No hemos conseguido sitio en el restaurante.

Se volvió hacia Jack. El jersey era ajustado y tenía cuello de pico. Estaba sexy, elegante y… completamente inapropiada para lo que Jack quería hacer.

–Yo tengo una opción mucho mejor –dijo él.

–¿Dónde has estado todo el día? –preguntó Lily.

Jack sacó las manos de detrás de la espalda y le mostró una bolsa con papel de seda.

–Comprando algunas cosas para esta noche.

Lily reconoció el nombre de la tienda. Aquella misma tarde había estado a punto de entrar en ella.

–¿Lencería?

–¿Qué otra cosa esperarías de mí?

Lily tomó una chaqueta y el bolso de encima de la cama.

—Creía que te caracterizabas por hacer lo inesperado.

Jack la dejó pasar y caminó con ella hacia las escaleras.

—¿Qué tienes pensado para esta noche? —preguntó Lily, mirando la bolsa de soslayo y sonriendo con picardía.

—Algo inesperado.

Lily no dijo nada, y Jack empezó a hablar de Cape Cod y de Rockingham, el pueblo en el que había crecido y donde su hermana, que se había casado con su mejor amigo, seguía viviendo. Lily le hizo algunas preguntas sobre sus padres, que vivían retirados en Florida, pero Jack advirtió que, cuando él le preguntaba sobre su infancia, ella sólo le daba respuestas vagas.

—¿Sabes lo que más me gusta de Nantucket? —preguntó él cuando tomaron una sinuosa carretera que ascendía por una colina hacia la zona menos poblada del pueblo.

—Supongo que todo —dijo Lily, respirando profundamente el aire fresco y limpio del otoño—. ¡Mira qué vistas!

Ante sus ojos se extendía el océano Atlántico bajo la luz del atardecer que intensificaba los tonos dorados y ocres de los árboles, al tiempo que coloreaba de morado el azul del cielo.

—¡Me encantan los campos de arándanos! —dijo Jack.

—¿Campos de arándanos? No creo haber visto ninguno.

–¿No has crecido en la zona de Boston? –preguntó él, sorprendido–. ¿Ni has navegado ni has ido a ver arándanos? ¡Qué bostoniana más rara!

Lily se revolvió en el asiento y Jack se inclinó hacia delante para mirar por el parabrisas.

–Mira ahí abajo. Florecen en septiembre y ahora ya están listos para la recolección.

Señaló una zona en la que los dorados eran sustituidos por una mancha de carmesí que se mecía misteriosamente, como tierras movedizas cubiertas por una neblina.

–¿Eso es un campo de arándanos?

–No puedo creer que nunca hayas estado en uno.

Lily rió.

–Creía que sólo se admitían granjeros.

Jack giró la cabeza hacia ella y le lanzó una mirada ardiente.

–Las mejores cosas de la vida, Lily, son aquéllas que están prohibidas.

Cambiando de marcha, tomó una carretera descendente y se detuvo en un claro entre los árboles.

–Encontré este sitio hará ocho años, la primera vez que vine a casa de Reggie. La playa y las colinas son muy bonitas, pero éste debe de ser el sitio más precioso de toda la isla.

Dejaron la carretera y avanzaron campo a través, adentrándose en un bosque de robles que ocultó lo que quedaba de luz. La niebla se fue haciendo más densa a medida que se aproximaban al campo de arándanos.

Con los zarandeos del Jeep, Lily se asió a la puerta y miró a Jack, alarmada, pero él se limitó a sonreír.

Al poco rato, tras una curva, detuvo el coche y esperó la reacción de Lily.

–¡Dios mío! –exclamó ella, admirada, acercándose al parabrisas para ver mejor–. ¡Nunca había visto nada igual!

Hacia el horizonte, las frutas maduras flotaban sobre un mar rojo. Cortinas traslúcidas de niebla flotaban sobre el campo y una luna en cuarto creciente contribuía a dotar al paisaje de una atmósfera fantasmagórica. El embriagador y dulce aroma de los arándanos perfumaba el aire tan intensamente que con cada respiración se podía probar su sabor.

–Espera un segundo –dijo Jack, tomándola de la mano para que se sentara–. Vamos a rodearlo.

Dio marcha atrás y tomó una pista de tierra.

–¡Qué bien huele! –exclamó Lily, respirando profundamente.

–Ahora viene lo más divertido –dijo Jack. Y, apagando los faros del coche, quedaron sumidos en una total oscuridad.

Lily dejó escapar un gritito de sorpresa. Jack conocía el camino lo bastante bien como para no tener que aminorar la velocidad. Instintivamente, Lily alargó la mano hacia la de él.

–No tengas miedo, Lil –dijo él, entrelazando sus dedos con los de ella–. No dejaré que te pase nada.

Ella se limitó a apretarle la mano en silencio y bajo la palma sintió el pulso de Jack acelerarse.

La luna atravesó la niebla y les iluminó el trayecto. Jack condujo sin titubear entre los matorrales y los árboles, rodeando el campo de arándanos, esquivando las raíces y, como Lily, riendo de puro placer.

Paró el coche en un trozo de terreno que se adentraba en el campo formando una pequeña península. Apagó el motor y cayó sobre ellos un profundo silencio.

–Esto, Lily –dijo con una solemnidad que se correspondía con un profundo sentimiento–, es vivir sin barreras.

–Es maravilloso –dijo ella–. Nunca había visto nada tan hermoso.

Jack sonrió, satisfecho de que apreciara uno de sus lugares favoritos. Los únicos sonidos procedían de los insectos y de las hojas de los árboles.

–¿Sabes qué es lo más curioso de un campo de arándanos justo antes de la recolección? –preguntó Jack–. Los puentes subterráneos.

Lily lo miró, inquisitiva.

–¿Qué son?

Jack se giró para tomar del asiento trasero la bolsa que le había enseñado con anterioridad.

–El agua alcanza entre medio metro y dos metros –explicó–, y en la superficie flotan los arándanos.

–¿Y?

–Y para recogerlos sin tener que usar botes, hay que encontrar los caminos y puentes subterráneos, que es precisamente lo que vamos a hacer.

Lily abrió los ojos desmesuradamente.

–¿Qué vamos a hacer?

Jack le tendió la bolsa.

–Aquí tienes.

–¿Quieres que me ponga lencería para adentrarme en el campo?

Jack rió.

–No es más que una bolsa, cariño. La única que he encontrado en la que cupieran pantalones impermeables y zapatos con refuerzo metálico. ¿Creías que llevaba ropa interior? –Jack sacudió la cabeza–. Eso habría sido un cliché.

–Contigo nunca sé qué pensar.

–Me siento halagado.

Dos horas más, Lily seguía riendo mientras se alejaban del campo de arándanos en el Jeep.

Gracias a la habilidad de Jack, habían encontrado los puentes y sólo habían estado a punto de resbalar en un par de ocasiones, que Jack había aprovechado para robarle un beso furtivo.

–¿Por qué sabes tanto de arándanos? –preguntó.

–Porque desde los quince años trabajé en la recolección para ganar un poco de dinero extra.

–¿Para qué querías el dinero?

–Para poder llevar a chicas en mi coche –Jack la miró de soslayo y, al ver que parecía desilusionada, añadió–: ¿Qué pasa? ¿Tienes celos? –quizá de que tuviera coche y no necesitara el dinero para comer. Jack continuó–: Y para ir al béisbol con mi amigo Deuce. Él era un verdadero forofo. Llegó a jugar como profesional, pero luego sucedió lo imposible y se casó con mi hermana. Ahora entrena al equipo de Rockingham.

–¿Lo imposible?

–Así es. Ese matrimonio demuestra que los dioses del amor son capaces de cualquier milagro.

–¿Por qué dices eso?

–Porque, aunque están hechos el uno para el otro, nunca pensé que sucedería –tomando una empinada carretera, Jack preguntó–: ¿Estás lista para ver otro de mis lugares favoritos de la isla?

–Sí, ¿dónde está?

–En la cima del mundo, nena –Jack puso la mano sobre el muslo de Lily–. Dots nos ha preparado una cesta con comida y yo he tomado prestada una manta. Prometo que mañana comeremos con manteles y platos. ¿Qué te parece cenar bajo las estrellas, contemplando el mar?

Lily rió.

–¿Por qué no? Ésta es la cita más rara que he tenido en mi vida.

–¿Sales mucho?

–No. Trabajo demasiado.

–¿Eres una adicta al trabajo?

Lily miró por la ventana, sin saber qué contestar.

–Como la mayoría de la gente: trabajo para ganar suficiente dinero como para vivir.

–¿Cuánto es suficiente?

–Por encima del umbral de la pobreza y por debajo del de ser millonaria.

–Yo no trabajo por dinero. Por eso me cuesta tanto aceptar el plan de Reggie.

–Pero entiendes sus razones.

–Sí –dijo Jack, pensativo. Y guardó silencio el resto del trayecto. Al llegar a la cima, dijo–: Estamos casi en el centro de la isla. Desde aquí, en un día claro, se pueden ver ballenas. El campo de arándanos queda hacia el sur.

Lily bajó del coche y miró a su alrededor.

–¡Es impresionante!

Jack extendió la manta, puso sobre ella una pequeña linterna y sacó la comida.

–Lily, ven aquí –dijo finalmente, dando una palmadita a su lado al tiempo que le pasaba el termo con sopa.

Lily sintió un escalofrío que no tenía nada que ver con la brisa de la noche y se llevó la bebida a los labios.

–Mmmm –exclamó. Y mecánicamente, alargó la mano en busca de una servilleta, pero Jack le secó la comisura con un dedo y se lo llevó a los labios. Luego, tomó el termo de manos de lily y bebió.

–Dots es la única mujer con la que me casaría. Me ama incondicionalmente y hace la mejor sopa del mundo.

–¿Ésas son tus condiciones para casarte?

–No pongo condiciones porque no creo en el matrimonio.

–¿Para ti o en general?

–Las dos cosas. La idea de tener una pareja para siempre me resulta… asfixiante.

Lily observó sus fuertes rasgos bajo la luz de la luna.

–Sin embargo –dijo en un tono de tristeza que intentó disimular–, los seres humanos lo hacen todo el tiempo. Cualquier cosa hecha con amor puede ser duradera.

–Muy idealista, Lily. Y si eso es lo que quieres, ¡adelante! –Jack abrió una tartera–. Tengo la impresión de que eres una mujer que consigue lo que se propone.

En aquel momento, lo que Lily quería era cambiar de tema.

–¿Qué te hace pensar eso? ¿Mi estilo comprando? –bromeó.

–No –Jack le acercó a la boca un trozo de pescado–. Tu estilo haciendo el amor.

Lily nunca había conocido a nadie tan directo. Tragó antes de preguntar:

–¿A qué te refieres?

–A que tomas lo que quieres, cuando quieres.

Lily lo miró, desconcertada.

–¿Quieres decir que anoche actué con egoísmo?

–Al contrario. Actuaste con determinación, confianza en ti misma y agresividad. Todas ellas, cualidades muy atractivas.

–En la cama.

–Y en la vida –Jack le acercó otro trozo de pescado–. Toma, deja que te dé de comer –Lily abrió la boca sin apartar los ojos él–. ¿No crees que ésta es la mejor forma de comer? Al aire libre, bajo las estrellas, compartiendo bocados.

–Desde luego, hace que las actividades cotidianas resulten más… interesantes –dijo Lily.

–Gracias, Lil. Acabas de dedicarme otro gran cumplido.

Acabaron de cenar en silencio. Al terminar, Jack se tendió en la manta. Lily se inclinó hacia atrás, descansando sobre las manos, y él enredó un dedo en las puntas de su cabello, haciéndolo girar para formar rizos. Cada movimiento provocaba una descarga eléctrica en el interior de Lily.

–Eres un maestro de la seducción –dijo ella, mirándolo.

–No pretendo seducirte –dijo él quedamente–. Sólo quiero conocer tu secreto.

–¿Mi secreto? –preguntó Lily con inquietud–. ¿Mi secreto profesional?

–No.

–¿Mi arma secreta?

Jack le tiró suavemente del cabello.

–Tu secreto. Sé que escondes uno.

Lily carraspeó con nerviosismo.

–Todo el mundo guarda secretos, Jack.

Él se incorporó sobre el codo.

–Me refiero a ese secreto que tanto te esfuerzas en ocultar.

–No sé a qué te refieres.

–No mientas, Lily. Hay algo en tu pasado que no quieres contar. Y hoy vas a decírmelo.

Lily no podía apartar la mirada de él. Estaba segura de que si abría la boca, le contaría lo que jamás le había contado a nadie. Y en es instante se dio cuenta de que ésa era la verdadera arma secreta de Jack.

Capítulo Siete

Lily le quitó la botella para beber un trago.

–No sé a qué te refieres.

–A algo que ocultas en relación con tu pasado y que representa la verdad sobre ti. Vamos, Lil, cuéntamelo.

–Yo no oculto nada –dijo Lily con más tensión de la que hubiera querido. ¿Qué sabía Jack?

Él se sentó y le masajeó la nuca.

–¿Y por qué te has ruborizado cuando te he preguntado sobre tu educación?

–Porque no acabé la universidad, y eso despierta desconfianza en algunos de mis clientes.

Jack rió quedamente.

–¿De verdad crees que me importa algo tan convencional?

–No, pero tú eres distinto. No hay nadie como tú.

Jack incrementó la presión sobre su nuca.

–Me estás cubriendo de halagos. Pero ¿por qué te cuesta hablar de tu infancia?

Lily se desplazó hacia un lado para que Jack no pudiera tocarla y se abrazó las rodillas.

–Esta semana está dedicada a ti. Eres tú quien ha de hacer un ejercicio de introspección.

–Quizá tú lo necesites más que yo, cariño –bromeó Jack.

Lily exhaló el aire bruscamente.

–No es verdad.

Jack se inclinó hasta apoyarse en el costado de Lily.

–Quedamos en que yo te obedecería durante el día y tú a mí por las noches

–Creía que querías sexo.

–Esta noche quiero descubrir tus secretos.

–Preferiría que me pidieras sexo –dijo Lily con un hilo de voz.

–Eso ya llegará –Jack le rodeó los hombros con el brazo y la atrajo hacia sí con suavidad–. Cuéntame.

Lily intentó pensar en una manera de salir de aquel atolladero, pero finalmente decidió que si alguien podía comprenderla, era Jack Locke. Súbitamente, deseó contárselo todo.

–No es que quiera ocultar nada, sino que me da un poco de vergüenza hablar de mi... humilde origen.

–Tus padres eran pobres –le ayudó Jack.

–¿Mis padres? –Lily sintió que se le formaba un nudo en la garganta. Miró a Jack–. Mi padre desapareció cuando yo tenía dos años. Crecí con mi madre y, más que pobres, éramos... indigentes.

Jack no pestañeó. Ni siquiera la miró sorprendido o espantado.

–De hecho –continuó Lily tras tomar aire–, he pasado por la experiencia de vivir en un coche, en un refugio y hasta en un cobertizo.

–¿Cuánto tiempo viviste en esas condiciones? –preguntó Jack, intensificando levemente la presión de su brazo sobre los hombros de Lily.

Ella alzó la barbilla y lo miró fijamente.

—Hasta un año. Finalmente, cuando cumplí los once años, mi madre alquiló un apartamento y consiguió trabajo limpiando casas de ricos –Lily se encogió de hombros–. Puede que a ti no te lo parecieran, pero para mí, eran millonarios. Mi madre murió cuando yo tenía diecisiete años.

—No me extraña que quieras ganar dinero.

—No. Lo que quiero es seguridad. No tener que volver a vivir nunca así. Pero he aprendido mucho.

—¿De vivir en la calle?

—No, de la gente rica –dijo Lily con una sonrisa–. Antes de que mi madre muriera, pasaba mucho tiempo en sus casas. Los observaba, ayudaba a poner la mesa, me fijaba en cómo vivían, qué vestían, cómo hablaban…; con los años, aprendí a imitarlos.

—Y aprendiste muy bien la lección –dijo Jack–. Te comportas como la mujer con más clase que he conocido.

—Gracias –dijo Lily con un suspiro.

Jack le acarició la mejilla.

—En lugar de estar avergonzada, deberías sentirte orgullosa.

Lily lo miró con escepticismo y continuó hablando como si hubiera abierto la compuerta de una presa.

—Dejé el colegio a los dieciséis años, trabajé de camarera y de peluquera. Luego, conseguí un trabajo como asesora de compras en Bloomie's y pude pagarme algunos cursos. No he parado de trabajar. Por eso, ésta es la oportunidad de mi vida, Jack. No es fácil conseguir clientes internacionales.

Por primera vez, Jack se separó imperceptiblemente de ella.

–No me extraña que te importe tanto.

–Por fin voy a poder comprarme una casa –dijo ella con una tensa sonrisa–. Eso es todo lo que quiero. Nada grande ni ostentoso: sólo una casa.

–Tiene sentido –dijo Jack.

–Claro que lo tiene. Y no sólo por mi pasado. Creo que es el sueño de todo el mundo, pero muchos ni siquiera lo saben.

–El mío, no –replicó Jack–. Las casas están llenas de paredes.

–En ese sentido somos muy distintos. Pero para mí es fundamental tener éxito contigo y que Reggie esté contento con mi trabajo.

–Comprendo –Jack asintió lentamente–. Está claro que para Reggie y para ti este acuerdo es vital.

–Y tú has sido maravilloso al aceptar el plan –Lily le retiró de la frente un mechón de cabello y lo enredó en su dedo–. ¿Sabes? Nunca le había hablado a nadie ni de mi pasado ni de mis sueños.

Jack le atrapó a mano y, llevándosela a los labios, le besó los nudillos.

–Ése es el mayor piropo de todos los que me has dedicado esta tarde.

Guardaron silencio durante unos minutos con las manos entrelazadas. Lily sentía el corazón palpitante y los ojos irritados por las lágrimas que no había llegado a derramar.

–Ya ves, Jack –dijo, rompiendo el silencio–, en un solo día has conseguido que coma con los dedos, no use servilleta y te cuente mis secretos más ocultos. He roto todas las normas de protocolo.

Jack le besó la mejilla.

–Espera y verás lo que hago cuando lleguemos al lenguaje corporal.

–No puedo –dijo Lily, volviéndose hacia él–. Quiero que empieces ahora –susurró. Y se inclinó a besarlo.

Jack reaccionó con delicadeza inicialmente, pero Lily profundizó el beso y, cuando él le acarició los senos por encima del jersey, gimió dulcemente para hacerle saber cuánto lo deseaba.

En unos segundos, él la echó sobre la manta y se colocó sobre ella.

–Vamos a hacer de nuevo el amor –dijo Lily, rozando con su aliento el cabello de Jack, que caía sobre su rostro.

Jack rió.

–Eso parece –dijo. Y, levantándole el jersey, agachó la cabeza para mordisquearle los senos.

–Aunque sabes… de dónde procedo.

La luna iluminó el rostro de Jack y Lily pudo ver que adoptaba un gesto solemne.

–No creerás que eso puede cambiar lo que siento por ti.

–¿Y qué sientes por mí?

Jack meció sus caderas contra las de ella para hacerle sentir su sexo excitado.

–Ya sé lo que sientes por mi cuerpo, Jack –musitó ella–. Me refiero a mí, alguien tan pobre que ha vivido en la calle.

Él no se inmutó.

–Lily, que hayas superado una infancia tan difícil y te hayas convertido en quien eres, es admirable –sonrió–. O lo sería si no fuera porque me has convertido en uno de tus proyectos de cambio. Sin em-

bargo, y ya que estás aquí… –volvió a moverse de manera insinuante–. Y ya que estamos solos… –le besó la mejilla–. Y puesto que me gustas un montón…

–Hagamos el amor.

Jack rió, dejó escapar un gemido y suspiró a un tiempo, antes de darle un húmedo beso.

–Exactamente, hagamos el amor.

Su sexo se endureció aún más al frotarse contra el vientre de Lily, y las caderas de ambos entraron en un ritmo natural e imparable. Lily sintió una oleada de calor entre las piernas y rodeó las piernas de Jack con las suyas mientras se besaban en un creciente frenesí.

Jack le acarició todo el cuerpo, arrancándole la ropa y lamiendo aquellas partes que iban quedando al descubierto, incluidas sus partes más íntimas, succionando sus pezones hasta hacerla enloquecer.

Lily intentó pensar en el significado de lo que estaba sucediendo. Era la primera vez que hacía el amor con alguien que sabía de dónde procedía. Pero no fue capaz de concentrarse.

En la nebulosa que lo envolvía todo, solo podía sentir y percibir el pulsante deseo de Jack por adentrarse en ella. Y su cuerpo se abrió a él, aceptándolo por voluntad propia tan profundamente que sintió un leve dolor con el primer empuje. Mordió el hombro de Jack, y él susurró su nombre con tanta dulzura, que el placer y el dolor se mezclaron en un exquisito torbellino de sensaciones.

Y, ya incapaz de pensar, dejándose arrastrar por las contracciones cada vez más intensas con las que su interior se abrazaba al sexo de Jack, se entregó al violento orgasmo que la sacudió como un terremoto que

alcanzara cada fibra de su cuerpo. Unos segundos más tarde, Jack la acompañó con un abandono tan feroz y completo como el de ella.

Cuando las últimas contracciones fueron apagándose, Lily seguía sin poder pensar, y se limitó a asirse a Jack como si su vida dependiera de ello.

Tal y como había sucedido los cinco días previos, Jack se despertó con el sol en la cara, una mujer en sus brazos y el sexo endurecido.

Se acurrucó contra la espalda de Lily, y ella reaccionó exactamente como él quería, basculando las caderas hacia arriba para ofrecerle la apertura de su cueva de mujer. Sin separarse ni un centímetro, Jack alargó el brazo hacia la mesilla y tomó un preservativo. Pero súbitamente, Lily se dio media vuelta y exclamó:

—Mañana es nuestro último día.

—En Nantucket, no en el mundo —dijo Jack, dándole el cuadrado de plástico—. Anda Lily, haz el truco de los dientes y ábrelo.

Ella sacudió la cabeza.

—Tienes que cortarte el pelo.

—Puedo recogerlo en una coleta —al ver que Lily lo miraba con desaprobación, Jack añadió—: Hasta ahora he seguido todo el programa. Gracias a ti, sé delegar, comunicarme con precisión, organizar reuniones, neutralizar la hostilidad verbal y criticar con delicadeza. Además, sé cómo proyectar una imagen de autoridad, qué cubiertos usar, ¡y hasta tengo un par de gemelos! Has conseguido todo lo que querías. Deja mi pelo en paz.

Lily le retiró un mechón de la cara.

—Fantástico, Jack. También sabes defenderte de una crítica halagando a tu oponente.

Jack le tomó la mano y se la llevó al sexo.

—¿Qué tienes que criticar de esto? Vamos, Lily, *dientes, abrir, usar, ahora.*

—*Peluquería, diez de la mañana, hoy* —Lily saltó de la cama—. ¿Ves? Yo también sé hablar como un gorila.

Jack dejó caer el preservativo sobre la almohada de Lily. Si el sexo no servía para distraerla, ¿qué otra arma le quedaba?

—Ya me cortaré el pelo mañana. Hoy vamos a ir a navegar.

Lily se paró en seco y se giró lentamente.

—¿A navegar?

Su rostro se iluminó con una sonrisa tan preciosa que Jack casi sintió dolor al mirarla. Tampoco el resto de lo que veía le hizo sentir mejor: sus femeninas curvas, su piel de terciopelo, la oscura sombra en el vértice de sus piernas, sus pezones, tentadores como dos fresones. Lily era tan sexy y dulce que todo su interior se contraía cada vez que la observaba.

—¿No dijiste que se tarda cuatro horas en llegar a Cape Cod? —preguntó ella.

—Con el viento a favor y buen tiempo, sí. Si salimos para las diez podemos estar allí a las tres.

—¿Y pasaríamos allí la noche?

—Seguro. Es una casa enorme —Jack vio que le brillaban los ojos, y no supo interpretar si se debía a envidia, a miedo porque se descubriera su pasado o a que temía conocer a su familia.

Y lo más desconcertante fue darse cuenta de que a

él no sólo no le importaba, sino que le resultaba natural y lógico. Quería que Kendra y Deuce la conocieran.

–¿Tenemos que dormir allí? –preguntó Lily.

–¿Por qué no? Así pondremos a prueba mis nuevas habilidades. ¿Quién mejor que mi mejor amigo y mi hermana para juzgar si has conseguido convertirme en el Donald Trump de la publicidad? ¿No quieres que nos aseguremos de que podemos engañar a los ingleses?

–No vamos a engañar a nadie. Has cambiado de verdad.

Jack no podía sino admitir que tenía razón. Lily le había enseñado a combinar autoridad y creatividad. Y ya no odiaba el aspecto que tenía vestido con traje… al menos cuando Lily se lo quitaba… con la boca.

–No he cambiado tanto –dijo sin demasiada convicción.

–Está bien –dijo Lily, mirándolo fijamente–. Veamos qué piensa tu hermana. Mañana, te cortarás el pelo.

–Un poco.

–Mucho.

Jack puso los ojos en blanco. Había ganado tiempo para pensar en alguna manera de salvarse. Tomó el preservativo y lo blandió como si fuera una bandera blanca.

–¿Y luego harás el truco de los dientes?

–Claro que sí –dijo ella. Y fue hacia el baño mientras Jack se deleitaba con la visión de su perfecto trasero–. Al menos una última vez antes de irme a Boston.

Jack se reclinó sobre las almohadas, preguntándose por qué la idea de dejar de verla le desagradaba tanto

como la de ver su nombre junto al título de presidente en las tarjetas de la agencia. Suspiró profundamente.

Lo cierto era que no quería que Lily se fuera, y trató recordar si había sentido algo parecido con anterioridad. A lo largo de los años le habían gustado muchas mujeres, pero incluso aquéllas con las que había llegado a alcanzar algún tipo de acuerdo, habían acabado por aburrirle. Especialmente cuando se empeñaban en convertirse en «señoras de».

Pero con Lily tenía la sensación de que no llegaría a aburrirse. Quería más y más de ella. De su cuerpo, de su risa, de su corazón. ¿Acaso estaba enfermo? ¿No era consciente de que sus aspiraciones en la vida eran diametralmente opuestas? Lily ansiaba alcanzar seguridad, una casa, algo permanente y estable. Y lo sabía porque en los últimos días, además de tener el sexo más espectacular que había experimentado en toda su vida, habían hablado. Sin parar.

Sabía lo que Lily quería hasta el mínimo detalle, igual que ella sabía que él necesitaba su libertad tanto como el aire que respiraba. ¿Por qué entonces pensar en separarse de ella le hacía sentir un agujero en el pecho?

Se peinó el cabello con los dedos bruscamente. Era absurdo. No se cortaría el pelo. Como no se compraría una casa ni viviría en ella con una mujer…para siempre.

Había algunas cosas que no estaba dispuesto a cambiar.

Capítulo Ocho

La primera experiencia de Lily en un barco fue tan excitante como todo lo que hacía con Jack. Con una amplía sonrisa, se asía a la proa del barco mientras la vela mayor se batía sobre sus cabezas y la sal marina y la brisa le limpiaban la mente de toda preocupación.

Al timón, un marinero musculoso y bronceado manejaba el barco con destreza, familiarizando a Lily con el vocabulario náutico.

–¡Sería mucho más sencillo si tuviéramos el viento de popa! –gritó Lily por encima de una ráfaga de viento que inclinó el barco peligrosamente.

–El camino más corto –dijo Jack, concentrando la mirada en el velamen– me aburre –rió al tener que asirse con fuerza para vencer la fuerza del viento–. ¡Allá va!

Lily se agachó para esquivar la botavara barriendo la cubierta.

–¿No te parece una belleza? –preguntó Jack, dando una palmadita al timón del Lady Sam–. Reggie no lo saca lo suficiente.

–¿Por qué?

–Es un adicto al trabajo. Ni siquiera descansa cuando viene a Nantucket.

Una ola le mojó de arriba a abajo y Jack sacudió el cabello al tiempo que daba un grito de alegría. Lily lo contempló, hipnotizada. Algo en él despertaba una mezcla de admiración y de miedo. Jackson Locke, con su desprecio por las barreras, su amor a la libertad; con su ácido ingenio, su irreverencia, su talento y su salvaje sexualidad, era el ser humano más atractivo que se había cruzado en su vida. Y esa certeza le hacía sentir una presión en el pecho que llevaba asfixiándola toda la semana. Porque estaba segura de que ese sentimiento podía convertirse en amor.

El barco saltó sobre una ola, golpeando la superficie del agua violentamente, y Lily sintió la vibración del golpe en la espalda.

—¡Allá va!

Podría enamorarse de él con tanta facilidad que…

—¡Lily, agáchate!

Lily vio la botavara acercarse a toda velocidad y tuvo el tiempo justo de inclinarse hacia delante para esquivarla. La vela le rozó la cara. Avergonzada, permaneció agachada, sintiendo cómo la sangre se le subía a la cabeza. ¿Qué demonios le estaba pasando? ¿Qué le hacía pensar en amor?

—¿Estás bien?

Lily no se había dado cuenta de que Jack había dejado el timón y estaba en cuclillas ante ella. Asintió con la cabeza.

—Casi te da un buen golpe —continuó Jack.

Lily no se atrevía a alzar la mirada porque estaba segura de que él podría leer en sus ojos lo que estaba pensando.

–¿Seguro que estás bien? –insistió él–. ¿Te has mareado?

–Estoy perfectamente –Lily se irguió–. Estaba distraída, eso es todo.

Jack la observó detenidamente.

–Estás pálida. ¿Vas a vomitar?

–No, Jack –dijo ella, riendo.

–Entonces, ¿qué te pasa?

¿Qué le iba a decir? ¿Qué estaba enamorándose de un hombre cuyas relaciones tenían fecha de caducidad?

–Nada, de verdad –mintió–. Prometo tener más cuidado.

Jack le guiñó un ojo y dijo:

–¿Quieres que bajemos al camarote?

–El sexo no es la respuesta a todo, Jack –Lily le retiró de la cara un mechón que el viento arremolinaba, esperando una de sus broma sobre el sexo como cura de todos los males. Pero en lugar de eso, él se inclinó hasta casi besarla y dijo:

–Me he asustado, Lil. Por un instante creía que te perdía.

Y la perdería en cuanto quisiera algo más novedoso, otro reto. Entonces, ella sólo sería la mujer que había intentado cambiarlo... infructuosamente.

–¿Seguro que estás bien, cariño?

A Lily se le hizo un nudo en el estómago al tiempo que tomaba la decisión de no dejar que Jack supiera jamás lo que sentía por él. Ése sería el único secreto que no lograría arrancarle.

–Perfectamente –dijo, forzando una sonrisa.

–¿Estás lista? –dijo él, ya al timón–. ¡Allá va!

En esa ocasión, Lily se agachó para evitar la botavara y aprovechó para ocultar el rostro y susurrar las palabras que nunca diría en alto:

–Te amo, Jackson Locke.

–¡Por ahí viene un hombre al que describiría como espectacular!

Jack no tuvo que mirar en la dirección de las pisadas que se aproximaban por el muelle hacia al barco. Sólo conocía un hombre capaz de despertar ese mismo tono de admiración en la población femenina del mundo entero.

–¿Sí? Pues para mí no es más que el marido de mi hermana.

–Así que se trata de Deuce Monroe.

–El mismo. Le pedí que viniera a recogernos –dijo Jack mientras amarraba la embarcación. Cuando alzó la vista, vio a su amigo acercarse con su habitual paso atlético, pero lucía una sonrisa de felicidad que no recordaba haber visto con anterioridad.

Dos años antes, tras abandonar la liga de béisbol profesional y volver a Rockinham, no parecía particularmente contento. Así que aquella transformación sólo podía tener una causa: su hermana Kendra.

La sonrisa arrebatadora de Deuce se intensificó cuando, de un ágil saltó, subió al barco.

–Tú debes de ser Lily –dijo, tendiéndole la mano y ayudándole a incorporarse con un único y elegante movimiento–. Yo soy Deuce, el cuñado.

A Jack le desconcertó el profundo tono de orgullo con el que Deuce dijo aquellas palabras.

Había conseguido acostumbrarse a la idea de que Kendra se hubiera casado con su mejor amigo. Ella había estado enamorada de él desde que tenía uso de razón, y ni siquiera había dejado de estarlo después de que él le rompiera el corazón. Luego, una década más tarde, Deuce reapareció en Rockinham y, durante un tiempo, pareció que la historia se repetiría. Pero habían superado los problemas, Kendra había perdonado a Deuce y se habían acabado casándose hacía algo más de un año.

Lily le devolvió el saludo con otra amplia sonrisa, y Deuce se volvió entonces hacia Jack para chocar los nudillos con él antes de abrazarlo.

–Me alegro de verte, Jackson.

–Y yo a ti. ¿Qué tal está Kendra?

–Maravillosamente –dijo Deuce con un brillo de orgullo en la mirada–. Va a ser una madre increíble. Ha organizado cada detalle minuciosamente.

–¿Está bien? ¿El bebé también?

–La niña no hace más que dar patadas. ¡Es genial! Y ya verás su cuarto… Es todo rosa.

Jack lanzó una mirada a Lily.

–¡Me lo temía! ¡Los extraterrestres han abducido a Deuce! –miró a su amigo con el ceño fruncido–. ¿Quién eres?

Deuce rió.

–El marido de tu hermana. El padre de tu sobrina. El entrenador del equipo local.

Pero no el jugador, fuera y dentro del campo, del pasado.

–Pareces un padre muy feliz y nervioso –dijo Lily–. Estoy deseando conocer a tu mujer.

–Me alegro, porque estos días no me gusta dejarla sola demasiado tiempo.

Jack ayudó a Lily a subir al muelle y ella caminó por el embarcadero, adelantándose a ellos. Jack, que ya conocía algunas de sus pautas de comportamiento, se dio cuenta de que quería dejarle unos minutos a solas con su amigo.

Deuce tomó una bolsa de viaje.

–¿Esto es todo? ¿Compartís maleta?

–Y habitación –dijo Jack para dejar clara la situación.

Deuce enarcó una ceja.

–Creía que era una relación profesional. ¿No se supone que intenta convertirte en un ejecutivo?

–¿Qué quieres que le haga si los dioses del sexo me adoran?

–Tú y tus dioses –dijo Deuce, poniendo los ojos en blanco al tiempo que se echaba la bolsa al hombro–. ¿No te cansas de saltar de una cama a otra?

–Lo dices como si de soltero hubieras sido célibe.

–Puede que no lo fuera, pero ahora soy el rey de la monogamia, y cualquier día de éstos, tú también verás la luz.

–La luz te ha cegado, amigo –dijo Jack, amagando un puñetazo al hombro de Deuce–. Pero, dado que estás casado con mi hermana, no tengo nada que objetar.

–Lo que me ha cegado es el amor. Algún día te pasará a ti.

–No tengo prisa.

Deuce señaló con la barbilla a Lily.

–Parece agradable.

–Es más que eso –dijo Jack, observándola–. Es… es… –sacudió la cabeza. Los adjetivos que acudían a su cabeza le avergonzaban.

–¡Caramba! Es la primera vez que Jackson Locke se queda sin palabra.

–Cierra la boca, Monroe.

–Y ése es un camino sin retorno –Deuce adoptó el estilo de un comentarista deportivo–. Puede tratarse de un problema serio, amigos. Puede que haya llegado el último partido en la carrera estelar de este excepcional jugador de Rockingham…

Jack le lanzó una mirada amenazadora.

–¿Quieres callarte de una vez?

–Espera a que Kendra se entere –dijo Deuce, riendo.

–Se entere de qué.

–De que estás enamorado.

Jack abrió la boca, pero la cerró sin decir nada. No porque le faltaran las palabras, sino por temor a lo que pudiera decir.

Kendra Monroe cerró los ojos y se frotó el vientre por enésima vez. Lily había contado cada caricia, cada palmadita, cada mirada de complicidad que habían intercambiado los futuros padres. El amor y la estabilidad permeaban cada rincón de aquella casa. Lily casi podía palpar la felicidad en el aire, tan densa como la sal de la brisa del mar que los bañaba mientras cenaban en la amplia terraza.

–Estaba todo delicioso, cariño –dijo Kendra a su marido–. Jackie adora tu pollo a la barbacoa.

–¡Jackie! –exclamó Jack, parpadeando–. ¿Vais a ponerle mi nombre a la niña?

–Vamos a ponerle el nombre de Jackie Mitchell –le corrigió Deuce–, una de las primeras jugadoras profesionales de béisbol.

Jack miró a Lily.

–Le van a poner mi nombre –dijo, ignorando la explicación.

–Tu ego no tiene medida –dijo Kendra.

–Estoy muy orgulloso –dijo Jack sin inmutarse–. Seré el mejor padrino del mundo. No le faltará nada.

Lily bebió agua para disimular su turbación. Estaba segura de que Jack sería un tío excepcional, capaz de divertir a su sobrina y malcriarla con todo tipo de caprichos y una vida entera de amor. Porque con una sobrina no había ni las reglas ni las limitaciones que representaba un hijo. Y esa reflexión hizo que le doliera el corazón.

–¿No estás de acuerdo conmigo, Lily? –preguntó Kendra–. Después de ejercer de preparadora con él, debes conocerlo mejor que nadie.

Lily dejó el vaso sobre la mesa. Había perdido el hilo de la conversación.

–Perdona, pero…

–Siente no poder revelarte secretos profesionales –interrumpió Jack, acudiendo a su rescate con una sonrisa de complicidad, al darse cuenta de que estaba distraída. Tenía la extraña habilidad de interpretar a la perfección su lenguaje corporal y, en ocasiones, también sus pensamientos.

–Exactamente –dijo Lily, dedicándole una mirada de gratitud.

–¿Y pensáis convertirla en jugadora de béisbol? –bromeó Jack.

Kendra rió.

–Está claro que todavía no habéis visto la extraña decoración de su dormitorio. ¿Quién hubiera imaginado que hay guantes de béisbol de color rosa?

–Vamos –dijo Deuce, poniéndose en pie–. Quiero que veáis mi obra de arte.

–No pienso perdérmelo –dijo Jack, imitándole–. ¿Vienes, Lil?

–En seguida subo –dijo ella. Necesitaba unos minutos de calma, sin oír su voz ni sus constantes bromas sobre su «domesticado» amigo–. Voy a ver el atardecer con Kendra y a recoger.

–Gracias, Lily –dijo Kendra–. Deuce no me deja mover un dedo.

El aludido se inclinó sobre su mujer para besarla.

–Cariño mío, sabes que tienes que tener cuidado.

Kendra sonrió y se masajeó una vez más el vientre.

–Tranquilo, tus chicas estamos perfectamente.

Deuce le dio otro besó antes de mirar a Lily y añadir:

–Si rompe aguas, gritad.

Jack hizo una mueca de burla.

–Gritad si suena mi móvil –bromeó.

Cuando se marcharon, las dos mujeres charlaron amigablemente. Kendra era una versión femenina y suavizada de su hermano, aunque tenía los ojos azu-

les y el cabello más claro. En otras circunstancias, Lily hubiera sentido envidia de una mujer como aquélla, con una vida llena de amor y seguridad. Pero el sentimiento que la invadía en aquel instante era mucho más aterrorizador que cualquier otro que hubiera podido sentir en el pasado. Porque por primera vez, su dolor tenía una cara, un nombre y un cuerpo concretos. Una mata de pelo leonina, un corazón de oro y un rechazo a establecer compromisos que parecía marcado a fuego en su ADN.

–Creo que lo has conseguido, Lily –el comentario de Kendra sacó a Lily de su ensimismamiento.

–¿Qué he hecho? –preguntó, sin pretender fingir que sabía de qué hablaba.

Kendra miró en la distancia, contemplando los últimos rayos del sol proyectándose sobre el mar.

–Para empezar, es la primera vez que veo a Jack ponerse la servilleta en el regazo antes de empezar a cenar. Y, si no me equivoco, ha cambiado de cubiertos entre platos.

Lily sonrió.

–Aunque sean pequeñas victorias, pueden contribuir a la causa –ella y Jack habían explicado la situación a Kendra y a Deuce durante la cena, y la razón por la que Jack había accedido al cambio de imagen.

–Y además –continuó Kendra–, y puesto que soy su hermana he vivido con él casi toda mi vida, es la primera vez que está dispuesto a charlar sobre temas que le interesan a todos los comensales, en lugar de limitarse a hablar con Deuce de béisbol y de los viejos tiempos.

Lily asintió.

–No ha sido difícil introducirle en las normas de protocolo.

–Estoy segura de que puede ser un gran presidente. Y eso que durante años pensé que no pasaría de ser un artista muerto de hambre.

–Te aseguro que convencerá a los ingleses –le confirmó Lily–. Al menos, si consigo que use zapatos y que se corte el pelo.

Kendra sacudió la cabeza.

–Buena suerte. Sólo se lo he visto cortar para jugar al béisbol. Deuce estaba tan empeñado en que su mejor amigo permaneciera en el equipo, que le suplicaba que siguiera las normas para que el entrenador no lo expulsara.

–Odia las normas –dijo Lily.

–Apasionadamente –coincidió Kendra–. Siempre ha sido así. Odia las limitaciones, la organización, las pautas, las directrices y todos los sistemas de gobierno.

–Y las paredes –añadió Lily, riendo.

Kendra se inclinó hacia delante.

–Pero está claro que tú le gustas.

Aquellas palabras sacudieron a Lily.

–Sí, bueno… Tenemos una… Nos llevamos bien… Somos compatibles.

–Lo que quieres decir que estáis locos el uno por el otro.

La idea de que lo que pasaba entre ella y Jack fuera tan evidente como para que su hermana lo viera con tanta claridad hizo que el corazón le diera un salto de alegría. Aunque su entusiasmo se apagó al instante.

–Ha sido muy divertido –dijo con un hilo de voz.

–¿Por qué «ha sido»? –Kendra abrió los ojos desmesuradamente–. ¿Ya habéis cortado?

–Bueno, en cuanto él se vaya a Nueva York, yo iré a Boston, y, con suerte, a las distintas ciudades en las que Anderson, Sturgeon y Noble tienen centrales.

–Entonces, vuestros caminos seguirán cruzándose –dijo Kendra, animada–. Después de todo, trabajarás para su empresa.

Lily se había planteado eso mismo cientos de veces.

–Eso es verdad, pero… –sus aspiraciones en la vida eran tan distintas…–. Ya veremos –acabó, apesadumbrada–. Depende de que Jack convenza a los británicos.

–Nunca se cortará el pelo –predijo Kendra–. Ni siquiera creo que tú puedas lograrlo.

–Lo prometió.

Kendra se encogió de hombros.

–Si lo consigues, será porque te ama de verdad.

En ese momento, el teléfono de Jack vibró sobre la mesa.

–¿Qué hacemos? –preguntó Kendra con sorna–. Yo no he roto aguas, pero suena su teléfono.

Lily lo tomó para ver quién llamaba: Reggie Wilding.

–Es su jefe –dijo–. Debe de ser importante.

–Contesta –le animó Kendra–. No le importará.

Tras reflexionar brevemente, Lily contestó.

–¿Hola?

–¿Lily?

–¿Qué sucede, Reggie?

–Espero que nada. Robert Anderson y Russell Sturgeon vienen mañana a la oficina y quieren conocer a Jack.

Lily se apoyó en el respaldo.

–¿Mañana? ¿A qué hora?

–Por la mañana. Debería tomar el avión que sale de Nantucket en una hora.

–Tendremos que volar desde Boston, Reggie. Estamos en Cape Cod –dijo Lily, disimulando el pánico que sentía. De pronto imaginaba a Jack, vestido con un traje de Deuce, descalzo, llegando sudoroso a la reunión tras haber corrido por los interminables pasillos del aeropuerto.

–¿En Cape Cod? –preguntó Reggie, atónito–. Sea como sea, tienes que traérmelo, Lily, y en perfecta forma. Vienen con la intención de firmar el contrato.

Se abrió la puerta corredera que quedaba a la espalda de Kendra, y Jack y Deuce, salieron a la terraza, riendo.

–No te preocupes. Irá –Lily apagó el teléfono y miró a Jack–. Los ingleses están aquí. Y tú has de ir mañana a Nueva York. Podríamos volver a Nantucket ahora mismo.

–Eso es una locura –dijo Deuce–. Yo tengo montones de trajes.

Jack guardó silencio, pero miró a Lily fijamente antes de decir:

–Kendra, ¿tienes un par de tijeras?

–Claro, pero ¿qué vas a hacer? ¿Cortar un traje de Deuce?

–No. Lily va a cortarme el pelo.

Kendra miró a Lily, arqueando violentamente una ceja.

–¿Ah, sí? –preguntó.

–Así es –dijo Jack–. Ha llegado la hora de la verdad.

Capítulo Nueve

–No puedo –Lily dejó las tijeras en el tocador del cuarto de baño, y Jack vio su rostro abatido reflejado en el espejo.

–Claro que puedes. ¿No dijiste que habías trabajado de peluquera?

–Creía que no me escuchabas.

–Escucho todo lo que dices y hasta lo que callas –al ver que Lily lo miraba con escepticismo, añadió–: Tú misma me has enseñado a interpretar el lenguaje corporal –al ver que Lily no reaccionaba, hizo girar el taburete para mirarla de frente–. Vamos, claro que puedes.

Lily respiró profundamente.

–Es un crimen. Tu cabello… –Lily enredó el dedo en el mechón que solía caer sobre la frente de Jack.

–No es más que pelo.

–Es más que eso. Eres tú –Lily lo sujetó por la nuca y le hizo alzar el rostro hacia ella–. ¿Y si lo recogemos en una coleta?

–Empiezo a pensar que tú también has sido abducida.

Lily sonrió con tristeza.

–¿Y una peluca?

–Lo haré yo mismo –Jack alargó al mano hacia las tijeras, pero Lily lo detuvo.

–No puedes.

–Claro que sí. Puedo hacer cualquier cosa.

Lily rió.

–Esto debería ser al revés: tú negándote y yo suplicando.

–Ya suplicarás más tarde –bromeó él, guiñándole un ojo–. Vamos, Lily, tenemos que seguir el plan. Deuce me ha dado un traje fantástico y una corbata rosa. Hasta me sirven sus zapatos. No vamos a echarnos atrás ahora.

–Tienes razón –dijo ella–. Además, Kendra me ha dicho que solías cortártelo para jugar al béisbol.

–Claro que sí. Hasta hacía una ceremonia. Solía ir a la playa e invocar a los dioses del pelo.

Lily rió.

–No te creo.

–Lo juro. Llevaba las tijeras de mi madre y dos cervezas de mi padre que me bebía antes del sacrificio porque si no, el pelo no me volvería a crecer. Luego, recogía todo el pelo, lo tiraba al aire y me bañaba desnudo –Jack arqueó una ceja–. Y eso que era en marzo.

Lily envolvió las tijeras en una toalla pequeña.

–Ve a por las cervezas. Nos vamos.

Jack la miró, atónito.

–¿A media noche? ¿Quieres cortarme el pelo en la playa?

–Muévete, Jack. Los dioses del cabello nos esperan.

Pero Jack no podía moverse. Aquella mujer per-

fecta, con su espíritu aventurero y anárquico, lo dejaba estupefacto.

–Vamos –Lily le tomó la mano para ayudarle a levantarse–. ¿A qué esperas?

–A esto –dijo Jack, y tiró de ella para sentarla en su regazo y besarla apasionadamente,

Cuando separaron sus labios, ella parpadeó, y dijo:

–No te olvides de la cerveza. No queremos irritar a los dioses.

Jack le sonrió, pero al instante su sonrisa se borró. ¿Cómo iba a ser capaz de dejarla marchar?

Media hora más tarde, bajaban del coche de los Monroe con cuatro de las mejores cervezas de Deuce y una manta. Jack la extendió mientras Lily miraba a su alrededor y contemplaba la playa desierta y la roca que emergía en medio de la bahía.

–¿Desde cuándo crees en los dioses? –preguntó a Jack–. Tienes un montón: los de la publicidad, los del aparcamiento, los del pelo… Cuentas con una deidad para cada situación.

–Viven dentro de mí –dijo Jack–. Están en el origen de mi poder personal: el de hacer buenos anuncios, el de aparcar, el de rebelarme. Están aquí –se señaló la cabeza–. Y aquí –se llevó la mano al pecho.

Lily abrió dos cervezas y le pasó una.

–¿Y no tienes ninguno para las relaciones? –preguntó.

Jack bebió antes de contestar.

–Esos son demonios. Pero los del sexo han sido generosos conmigo.

Observó un destello en los ojos de Lily que no supo identificar. ¿Desilusión? ¿Sorpresa? ¿Desprecio?

–Esta semana, desde luego que sí –dijo ella.

Jack la observó mientras bebía.

–Esta semana no ha sido sólo sexual, Lily. He conocido a los dioses de la transformación.

–El dios de la transformación –dijo ella, alzando la botella en un brindis–, es una diosa.

Jack chocó su cerveza con la de ella.

–Desde luego que sí.

Lily agradeció el piropo con una sonrisa.

–¿Cómo empieza la ceremonia? –preguntó.

–Primero, me desnudo.

Lily miró al cielo.

–¡Qué raro!

–Todos los rituales paganos se celebran sin ropa –explicó Jack.

Lily dejó la cerveza y tomó las tijeras.

–De acuerdo. Empecemos –carraspeó y señaló hacia delante–. Colócate delante de mí, pagano. Tengo que desnudarte.

–Está claro que los dioses me adoran.

Lily dejó las tijeras en la arena. Luego le abrió la cremallera y le quitó la cazadora.

–Todo el mundo te adora, Jack. Ése es tu don.

–¿Tú también? –Jack quería oírselo decir, ver hasta dónde estaba dispuesta a admitir lo que sentía.

–No lo sé –dijo ella, quitándole la camiseta. El frío aire de la noche no consiguió impedir que Jack sintiera una erección. Lily posó las manos en su pecho y le acarició los endurecidos pezones–. «Adorar» es una palabra excesiva. Quizá «tolerar» sea más apropiada.

Jack la miró, boquiabierto.

–¿Cómo que sólo me toleras?

–Y te deseo –dijo ella, bajándole la cremallera del pantalón. Al ver que no llevaba ropa interior, añadió–: Mucho.

Le quitó los pantalones sin apartar la mirada de su firme sexo. Por un instante, Jack pensó que iba a acariciárselo con la boca, pero, tras retirárselos completamente, se agachó y tomó las tijeras. Luego, puso las manos sobre sus hombros y dijo:

–Arrodíllate.

Jack obedeció. Su cabeza quedó a la altura de la cremallera de la sudadera de Lily y tuvo que resistir la tentación de bajársela con los dientes.

Lily tomó el mechón de cabello que solía caerle sobre los ojos, el que Jack intuía que era su favorito.

–Cierra los ojos –ordenó.

Jack obedeció y oyó el roce del metal al abrirse las tijeras.

–¡Aquí tenéis, oh, dioses del pelo, dioses de la belleza y de los hombres atractivos de cabello largo que ponéis sobre la tierra para que dejen a las mujeres jadeantes y saciadas…!

Jack rió.

–Deberías dedicarte a la publicidad.

–Shhh. Esto es serio.

–También lo es la publicidad –Jack abrió un ojo.

–Sacrificamos este cabello en vuestro honor para que los rígidos, aburridos y conservadores ingleses firmen el contrato y Reggie Wilding pueda pagar el tratamiento de Sam. Para ello, os rogamos que transforméis a una de vuestras mejores creaciones, Jackson Locke, en un perfecto ejecutivo.

Las hojas de la tijera se cerraron, y Jack vio flotar

un mechón rubio que cayó sobre el pecho de Lily. Alzó la mano, pero en lugar de quitárselo, le bajó la cremallera. Lily no protestó, y tanto la sudadera como el mechón, cayeron al suelo. Luego, Lily cortó otro mechón, y otro, ya sin invocaciones y concentrándose en hacer un buen trabajo. Mientras tanto, Jack le desabrochó la blusa. Antes de empezar con el costado, Lily hizo una pausa para que pudiera quitársela. A continuación, cortó el pelo alrededor de las orejas. Jack le quitó el sujetador. Lily recortó el lateral. Jack le bajó los pantalones. Lily cortó el otro lado. Él le quitó las bragas.

En el preciso momento en que Lily acabó el corte, la luna salió de detrás de una nube y la iluminó. Jack, tal y como le había sucedido la primera vez que la viera desnuda, se quedó sin aliento.

–Lily –musitó, trazando con el dedo el círculo de uno de sus pezones–. Eres verdaderamente hermosa.

–Date la vuelta –dijo ella.

–Ni hablar –Jack le acarició uno de sus senos mientras se inclinaba para saborear el otro.

Lily dio un paso atrás.

–Tengo que hacer la parte de atrás.

Con un suspiro de resignación, Jack se giró sobre las rodillas y le dejó concluir. En poco tiempo, la manta sobre la que estaban parecía un campo de oro.

–Ya puedes darte la vuelta.

Lily dejó escapar una exclamación.

–¿Eso qué significa? –preguntó Jack, intranquilo–. Está bien o está mal.

Lily se arrodilló delante de él y dejó las tijeras a un lado.

–Perfecto –le tomó el rostro entre las manos y las deslizó por el lateral de su cabeza–. Sigues siendo el hombre más guapo del mundo, Jack.

Sus ojos brillaban, sus labios estaban hinchados y la respiración escapaba de su garganta entrecortadamente.

–Ven aquí –Jack la abrazó. Su corazón latía tan deprisa como el de él. Le besó la frente y los ojos, y le susurró al oído–: Ámame, Lily.

Ella cerró los ojos y, justo antes de que él la besara, musitó:

–Ya lo hago, Jack, ya lo hago.

Sus palabras sacudieron a Jack, pero el beso con el que las acompañó le nubló la mente. En unos segundos rodaban sobre la manta cubierta de cabello, camino de un éxtasis siempre nuevo.

Como si fuera una ilusionista, Lily hizo aparecer de la nada un preservativo. El eco de sus palabras flotaba en el aire mientras lo sostenía entre los dedos. ¿Qué habría querido decir exactamente?

–Lily –susurró Jack, haciéndole girar hasta colocarse sobre ella. Lily lo miró fijamente. Algunos mechones rubios se mezclaban con su cabello oscuro. Abrió el paquete con los dientes y le puso el preservativo en la punta de la lengua. Automáticamente, la erección de Jack se intensificó con sólo imaginar lo que estaba a punto de ocurrir.

–Incorpórate –dijo Lily.

Jack se sentó sobre los talones y ella, inclinándose, usó la boca para colocarle el preservativo, y los labios para estirarlo.

Jack sonrió al tiempo que se preguntaba si aquélla

era la «última vez» a la que Lily se había referido aquella mañana.

En realidad, era inevitable. ¿No era eso lo que dictaminaban los dioses de las relaciones?

Lily se tumbó y, doblando las rodillas, se ofreció a él.

—Por favor, Jack, ámame.

La misma respuesta que ella le había dado unos minutos antes acudió a los labios de Jack.

—Lily —dijo, en cambio, en un tono cargado de deseo y emoción.

Lily deslizó las manos por sus brazos hasta sus hombros; luego, le acarició la cabeza con suavidad.

—Tranquilo —susurró. Y como si pudiera leerle el pensamiento, dijo—: Ya es bastante.

¿Lo era?

Sin apartar sus ojos de los de ella, Jack la penetró lentamente mientras agachaba la cabeza para besarla e imitar sus suaves movimientos con los de su lengua. Se veía reflejado en los ojos de Lily. Era la imagen de un hombre nuevo, con el cabello cortado y una presión en el corazón desconocida hasta entonces para él.

Pero la otra presión, mucho más familiar y que solía estallar en una incontenible explosión, se produjo aquella noche de manera muy distinta. En lugar del frenesí con el que habían llegado al clímax en otras ocasiones, se mecieron suavemente, besándose con dulzura, deleitándose en su mutuo placer. Hasta que Jack sintió las contracciones de Lily.

—Ahora, Jack, ahora —musitó—. Ámame ahora.

El ruego arrastró a Jack desde una profundidad

que sacudió todo su ser, obligándole a aferrarse a Lily al tiempo que dejaba escapar un profundo y largo gemido de satisfacción y amor. Sobre todo de amor.

Dejó caer la cabeza sobre el pecho de Lily. Su corazón latía debajo de su oreja, el aire escapaba entrecortadamente de su boca…

¿Amor?

Desde luego, como artífice de cambios, Lily no tenía igual.

Antes de entrar en el vestíbulo, Lily sacudió el paraguas que los había protegido del diluvio que caía sobre Nueva York. Miró a Jack con ojo crítico y le alegró confirmar que parecía un perfecto presidente.

Jack posó la mano sobre sus hombros y la guió hacia los ascensores.

–Me siento como si nos hubiéramos disfrazado de Deuce y de Kendra –dijo, apretando el botón–. Reggie nos debe una.

Lily se alisó la falda.

–A mí ya me ha pagado –le corrigió.

–Te dará un extra por haberme acompañado –dijo él. Las puertas se abrieron y entraron en una pequeña cabina.

No había costado mucho esfuerzo convencerla. En cuanto comprobó que le servía la ropa de Kendra, accedió a subirse al avión, diciéndose que lo hacía para asegurarse de que su proyecto llegaba a buen puerto.

En realidad, había sido una manera sencilla de retrasar el adiós a Jack. En el fondo, ansiaba que ese mo-

mento no llegara nunca. Albergaba la remota esperanza de encontrar alguna manera de poder estar juntos sin que Jack renunciara a su libertad ni ella a su necesidad de sentirse segura.

Pero en la fría e impersonal luz del fluorescente del ascensor, esa posibilidad parecía aún más lejana. Sin embargo, la noche anterior, bajo la luz de la luna, en brazos de Jack, con sus corazones latiendo al unísono, la palabra imposible había desaparecido del diccionario.

Jack se pasó la mano por el corto cabello y apretó los dientes.

–Todo va a ir bien –dijo ella.

Jack la miró, sorprendido.

–No es la reunión lo que me preocupa.

Lily posó la mano en su hombro y notó sus tensos músculos bajo el traje.

–Entonces, ¿qué te preocupa?

Jack cerró los ojos unos instantes. Cuando los abrió, le dirigió una mirada severa.

–Si esto sale bien, tú y Reggie salís ganando. Y me alegro de que gente a la que… que me importa, sea feliz.

Lily escrutó su rostro esperando el «pero». Sin embargo, Jack guardó silencio y pulsó con impaciencia el botón del noveno piso.

–Pero si sale bien –concluyó Lily por él–, tú tendrás un trabajo que no quieres.

El ascensor se detuvo.

–Sí –dijo Jack, enfurruñado. Luego, se frotó la barbilla y suavizó su gesto–. Pero eso no debe preocuparte, Lil. Tú has hecho tu trabajo. Vamos –dijo

cuando las puertas se abrieron a un pequeño corredor–. Voy a enseñarte Wild Marketing.

Tras unas puertas de cristal correderas, había un moderno y sofisticado vestíbulo ocupado por una mesa de diseño tras la que se sentaba una mujer joven, tecleando en un ordenador con unos cascos con micrófono incorporado. Al oír que se abría la puerta, alzó la cabeza.

Tras unos segundos, abrió la boca y los ojos con expresión de sorpresa.

–¡Dios mío, Jack, no te había reconocido! –se puso en pie y, acercándose el micrófono a los labios, dijo–: Esperad a ver a Jack Locke. Parece otro.

Jack ladeó la cabeza y sonrió.

–Espero no tener que enseñarte mi tatuaje para demostrar que soy yo, Ev.

La joven pareció aliviada, como si la broma bastara para confirmar que no se trataba de un impostor.

–Lily, ésta es Evelyn Simons, una fantástica secretaria –Jack se acercó hasta el escritorio y, tras mirar en un compartimiento por la parte de detrás, sacó una pila de correo. Luego, indicando a Lily con un gesto de la mano, añadió–: Ev, te presento a Lily Harper, asesora sin igual.

Las dos mujeres se saludaron, y Jack llevó a Lily tras una puerta de cristal que se abrían a una planta dividida en cubículos.

–Éste es el departamento de contabilidad –explicó Jack.

Uno a uno, los ocupantes de las pequeñas oficinas, se asomaron y exclamaron al verlo pasar, hasta

que un continuo murmullo de sorpresa pareció apoderarse de toda la planta.

Jack permaneció imperturbable, saludando y sonriendo ante los comentarios que despertaba su cambio de imagen.

Al acercarse a otras puertas miró a Lily con cara de expectación.

—¿Es el despacho de Reggie? —preguntó ella.

—El departamento creativo. Atenta.

Jack abrió las puertas y entraron en un mundo completamente distinto. La atmósfera limpia, fría y profesional, los cubículos ordenados, los escritorios alineados no tenían cabida allí… En aquella zona, había colores brillantes, dominaba el desorden, se oían conversaciones animadas, había bocetos y diseños artísticos por todas partes. Una joven de cabello oscuro y ojos azules levantó la mirada de su mesa de dibujo y parpadeó.

—¡Pero qué dem…!

—Shhh —Jack se llevó un dedo a los labios.

Después de presentar a Lily a nueve miembros del personal que lucían una variedad de piercings y la saludaron chocando las manos y bromeando sobre el aspecto de Jack, éste la condujo por un último corredor.

—Final de trayecto —anunció. Las paredes pasaron a estar revestidas de madera y el suelo, enmoquetado de beige. En lugar de cubículos, había despachos con placas de bronce anunciando la categoría de sus ocupantes: Jefe de Contabilidad, Vicepresidente de Recursos Humanos… Y al final del todo: Presidente.

Lily observó, perturbada, el ambiente solemne y

ostentoso que la rodeaba, la desconcertante seriedad que parecía dominar aquella sección después de la jovialidad y el ambiente distendido que acababan de dejar atrás. Jack jamás podría trabajar en un sitio así. Él pertenecía al mundo del ruido y el color, de las risas y la pasión.

Y, sin embargo, aquél era su nuevo lugar de trabajo. Reggie estaría contento, ella tendría más trabajo, y Samantha Wilding podría curarse.

Para eso, Jack tendría que pasar al menos un año en aquella cárcel. Y ella sería parcialmente responsable de esa reclusión. Tragó saliva y evitó mirarlo por miedo a suplicarle que no lo hiciera.

Una secretaria de aire severo guardaba la oficina de Reggie, pero antes de que llegaran a su altura, la puerta del despacho se abrió de par en par.

–¡Jack! –saludó Reggie, animado, al tiempo que se fijaba en los cambios que se habían operado en él–. Estás en boca de toda la empresa. Veo que no exageran: pareces otro.

–Pero no lo es –dijo Lily con vehemencia.

Los hombres la miraron, desconcertados.

–Quiero decir que sólo ha cambiado exteriormente –se apresuró a decir, consciente de que su futuro profesional dependía de cómo se desenvolviera en aquella situación. Estrechó la mano de Reggie–. Tiene otro aspecto, pero sigue siendo el mismo.

–Está pecando de modesta –dijo Jack, pasando al interior del despacho–. Trae a los ingleses, Reggie: voy a dejarlos estupefactos.

Reggie enarcó las cejas en un gesto de complicidad con Lily.

–Bien hecho, Lily.

Apenas se habían sentado en la mesa de reuniones cuando la secretaria se asomó por la puerta.

–Ya han llegado, señor Wilding –anunció.

–Gracias, Jennifer –Reggie miró a Jack–. Llegan una hora antes de lo acordado.

Jack se encogió de hombros.

–Intentaban pillarnos desprevenidos. Tú quédate aquí, Lil, preparada para descorchar el champán en cuanto se vayan; yo iré a recibirlos al vestíbulo y tú, Reg, espéranos en la sala de juntas –al ver que Reggie iba a protestar, añadió–: Así funciona el protocolo profesional, Reg.

Lily creyó que el corazón le iba a estallar. Jack actuaba de aquella manera por ella, por Sam, por Reggie…, en contra de sus propios deseos, estaba dispuesto a sacrificarse por aquéllos a quienes quería.

Jack la miró fijamente y, dándose impulso con las manos sobre la mesa, se puso en pie.

–Allá voy, Lily.

Lily temía mirarlo por temor a que Jack leyera en su rostro el amor que sentía por él. Giró la cabeza lentamente.

–Ven aquí –insistió Jack, tendiéndole la mano–. Dame un beso para desearme buena suerte.

Se inclinó hacia delante, pero ella se echó hacia atrás al tiempo que intentaba ocultar las lágrimas que le humedecían los ojos.

–Tú no necesitas suerte, Jackson Locke. Todos los dioses están de tu lado.

Jack le dio un casto beso en la mejilla y susurró:

–No todos.

Luego, abandonó la oficina con Reggie siguiéndole los pasos. Lily se quedó mirando hacia el escritorio que ocuparía el futuro presidente de la agencia y trató de imaginar a Jack en él, pero no lo consiguió.

Con gesto abatido, apoyó la cabeza en las manos y musitó las palabras que llevaba repitiendo toda la mañana dentro de su cabeza:

–¡Dios mío, qué he hecho!

Capítulo Diez

–Has hecho un magnífico trabajo, eso es lo que has hecho.

Lily alzó la cabeza bruscamente y vio a una mujer madura elegantemente vestida.

–¿Nos conocemos? –preguntó, poniéndose en pie.

–Nos hemos visto en una ocasión, pero no nos presentaron. Ayudaste a una sobrina mía a preparar una entrevista –la mujer le tendió la mano–. Soy Samantha Wilding.

–¿Sam? –dijo Lily, estrechándole la mano afectuosamente–. Jack dice maravillas de ti.

–Una maravilla es lo que has conseguido tú con él. Acabo de verlo y casi no le reconozco.

–Es cierto que tiene un aspecto muy distinto.

–No me refiero al traje y al corte de pelo –Samantha arqueó una ceja al tiempo que ocupaba una silla junto a Lily–. Está enamorado.

Lily trasformó una espontánea exclamación de sorpresa en una risa sofocada.

–La verdad es que no sabría decirlo.

–Pero yo sí –Sam se cruzó de brazos con aire de satisfacción–. Y Dorothea está de cuerdo.

Lily frunció el ceño con cara de incomprensión.

–¿Te refieres a la señora Slattery? –preguntó.

–Claro –dijo Sam, esquivando la mirada de Lily mientras hacía girar una sortija con un diamante en su dedo–. Ella ha sido mi vista y mis oídos estos días.

¿Su vista y sus oídos? Lily sintió que se ruborizaba hasta la raíz del cabello al tiempo que recordaba lo que siempre decía a sus clientes: admitir siempre los hechos; no intentar maquillar la verdad.

–Entonces, sabrás que nuestra relación es tanto personal como profesional.

Sam posó su mano sobre la de ella y le sonrió calurosamente.

–Sí. Y estoy encantada.

Lily abrió la boca, pero volvió a cerrarla sin decir palabra mientras escrutaba el rostro de aquella mujer y sus ojos, que chispeaban con un destello malicioso.

Y de pronto comprendió.

–¿Tú eres la cliente que me recomendó a Reggie?

–Me declaro culpable.

–¿Y tu intención era que la transformación no fuera puramente profesional?

Sam sonrió con picardía.

–Culpable una vez más.

–Jack creyó que era un plan de Reggie cuando en realidad era tuyo –balbuceó Lily–. Y tenía razón: era una cita a ciegas.

–Tengo que reconocer que parte del mérito es de Dorothea, pero lo cierto es que, en cuanto te vi, supe que eras perfecta para él. Me lo dijo el corazón. Y, como ves, no estaba equivocada.

Lily sintió que la cabeza le daba vueltas. Sin saberlo, había participado en un plan para atrapar a un

hombre que, de otra manera, jamás habría sido atrapado. Se revolvió en el asiento, tratando de asimilar la información, pero no consiguió articular palabra.

–Por favor, Lily, no te equivoques –la tranquilizó Sam, intuyendo su malestar–. El trabajo para el que te contrató Reggie era verdaderamente necesario. Cuando me dijo que necesitaba hacer algo con Jack para impresionar a los nuevos socios, pensé en ti al instante. Tú hiciste un milagro con mi sobrina. Y, por otro lado, Jack jamás hubiera accedido a acudir a una cita a ciegas.

Lily sintió que el nudo que se le había formado en la garganta se tensaba.

–Por supuesto que no –masculló.

–Pero yo tenía razón –insistió Sam–. Sois perfectos el uno para el otro.

Perfectos. Eran como dos trenes yendo en direcciones opuestas por la misma vía, destinados a un choque frontal.

–No –dijo Lily en un susurro–. De hecho, no podías haber elegido a dos personas con opciones de vida más distintas.

Sam frunció el ceño.

–Los extremos suelen atraerse.

–A veces –accedió Lily , pero no en este caso. Tenemos metas opuestas.

–Pero el nuevo trabajo de Jack… –Sam indicó con un amplio gesto del brazo el escritorio–, lo mantendrá atado. Tú podrías mudarte a Nueva York y trabajar para la agencia. No tendríais por qué separaros.

Lily la miró, horrorizada.

–No querría ver a Jack atado a nada. No quiero

atraparlo, ni encerrarlo entre paredes. Jack adora la libertad, los espacios abiertos y la vida sin normas.

Se puso en pie, temblando de rabia por la espantosa sensación de haber sido manipulada.

—¿No lo amas? —preguntó Sam.

Lily casi se atragantó.

—Sí.

—¿Y no quieres que sea feliz?

—¿Feliz? No se hace feliz a un hombre acorralándolo.

—Yo sólo…

Lily miró a Sam con ojos centelleantes. Quizá era una mujer maravillosa y estaba terriblemente enferma, pero eso no le daba derecho a interferir en la vida de Jack.

—Jack ha hecho esto por ti —dijo Lily con un nudo en la garganta—. ¿Crees que ésta es la manera de agradecérselo, intentando atraparlo y matar su espíritu, su creatividad y todo aquello que le hace excepcional…, todo aquello por lo que lo amo?

La sangre le bombeaba en los oídos, ensordeciéndola. Por eso apenas oyó un suave carraspeo a su espalda. El ruido se repitió, y Samantha miró con ojos muy abiertos hacia la puerta. Lily no necesitaba mirar para saber de quién se trataba. Y sabía que había oído todo lo que acababa de decir.

Lily lo amaba.

Saberlo aceleró el corazón de Jack a tanta velocidad, que temió que se le escapara del pecho, y sólo fue capaz de aclararse la garganta.

–Reggie se ha dejado el contrato en el escritorio –dijo sin poder apartar la mirada de Lily.

–Jack, tenías razón desde el principio –dijo ella, pálida y temblorosa–. Era una encerrona.

–Tendré que darle las gracias a Sam en lugar de a Reggie –dijo él con una calma inesperada– ¡Qué buen gusto tienes, Sammy! Discúlpenme, señoras, pero vengo a por unos documentos.

–Escúchame, Jack –dijo Lily en tono desesperado–. No tienes por qué hacer esto.

–Lo sé –Jack fue hacia el escritorio, pero Sam se puso en pie y trató de detenerlo cuando pasó junto a la mesa.

–¿Estás enfadado conmigo, Jack? Lily está furiosa.

Jack ignoró la mano que le tendía y siguió hacia el escritorio.

–No te preocupes, Sam –la tranquilizó, aunque sin mirarle a la cara–. Lo hemos pasado bien, ¿verdad, Lily?

La expresión sonó vulgar e inapropiada, pero Jack quería mantener su atención en los documentos. Miró el encabezamiento: *Adquisición de Wild Marketing por parte de Anderson, Sturgeon y Noble...*

Percibió vagamente el arrastrar de una silla a su espalda y el sonido de una exclamación sofocada.

–¿Bien? –estalló Lily.

Jack sintió un escalofrío al tomar el documento en sus manos. Alzó la vista hacia Lily.

–¿No nos hemos divertido?

Lily lo miró perpleja.

–Claro que sí. Eso es lo máximo a lo que aspiras, ¿verdad, Jack? –hizo un gesto con la cabeza a Sam, que

observaba la escena boquiabierta–. Un placer, Sam. Le ruego que pida a la señora Slattery que envíen mis pertenencias a mi despacho.

Jack apretó los papeles en la mano mientras la miraba partir. ¿No se daba cuenta de que estaba angustiado por un contrato que odiaba, y que no podía recriminar a Sam haberle dado el mejor regalo de su vida?

–¿Lily?

Ella se volvió en la puerta.

–Adiós, Jack… Lo he pasado muy bien.

–¡Espera! –Jack salió tras ella al tiempo que Sam se ponía de pie y se cruzaba en su camino. Para esquivarla, se desplazó bruscamente y los papeles se le escaparon de las manos, esparciéndose por el suelo.

–¡Jack, lo siento! –exclamó Sam, alargando las manos para intentar recogerlos a medio vuelo. Miró a Jack con ojos desmesuradamente abiertos–. No debía haberme entrometido.

–No, Sam, no debías haberlo hecho –dijo él, contemplando los papeles que determinaban su futuro sin dejar de pensar que la mujer de sus sueños acababa de desaparecer de su vida.

–¡Jack, estamos esperando…! –llegó la voz de Reggie desde la sala de juntas antes de que apareciera él en persona–. ¿Eso es el contrato?

–Cariño, he metido la pata –suspiró Sam.

Reggie se puso en cuclillas.

–¡Jennifer, ayúdanos, por favor!

Jack y Sam estaban paralizados.

–Jack, ve a por ella –dijo Sam al fin.

Jack ansiaba hacerlo, necesitaba alcanzarla antes de que dejara el edificio.

–Por favor –insistió Reggie–. Te necesito, Jack. Quieren firmar el contrato –Reggie miró a Sam con expresión angustiada–. Sam, necesito pasar tiempo contigo.

–No –Sam asió la muñeca de Jack–. Reggie, estás arrebatando a Jack su libertad para poder disfrutar tú de ella. Es un error –los ojos de Sam se llenaron de lágrimas–. Como yo he cometido un error al intentar actuar de Celestina.

–Pero has acertado, Sammy –dijo Jack–. Estoy enamorado de Lily –en cuanto dijo aquellas palabras lo invadió una ola de bienestar.

–¿Estás enamorado? –preguntaron Reggie y Sam al unísono.

–Sí.

–¿Y qué haces aquí? –dijo Reggie finalmente–. Ve a por ella.

Jack los miró y besó a Sam en la mejilla.

–Gracias, te debo una –y, volviéndose hacia Reggie, añadió–: Di a los ingleses que esperen.

–No –Reggie sacudió la cabeza–. Voy a decirles la verdad.

–¿Que me marcho?

–Que lo único que importa en una agencia de publicidad es la calidad del departamento creativo y que en esta empresa tenemos el mejor director posible –Reggie lo empujó–. ¡Vete!

Jack salió corriendo. Tenía que alcanzarla. No había nadie en el vestíbulo. Llamó al ascensor. Lily le había malinterpretado. Entró en el ascensor y presionó el botón furiosamente. Estaba tan concentrado en el contrato y en el papel que debía interpretar, que había hablado sin pensar.

Lo hemos pasado bien… ¡Qué idiota!

Casi rompió las puertas para salir. Nadie. Corrió al exterior y estuvo a punto de tirar a varios transeúntes. Seguía diluviando. ¿Habría tomado un taxi? Una silueta oscura en la siguiente manzana llamó su atención. Saltando charcos y esquivando a gente corrió hacia ella. Porque era ella.

—¡Lily! —gritó.

Ella se volvió lentamente, y él le dio alcance.

—Así mismo te conocí: empapada y preciosa —dijo, sonriendo con dulzura.

—Así puedes recordarme.

—¿Estás loca, Lily? ¿Crees que puedes marcharte sin más?

Lily pestañeó. La lluvia caía por su rostro y le había corrido el rímel. Jack la contempló con el corazón en un puño. ¿Habría llorado…?

—Lo siento, Lily, no estaba pensando.

—No, Jack, soy yo quien debe disculparse por haber contribuido a maniatarte.

—Escúchame —Jack la tomó en sus brazos—. El contrato no va a firmarse. O quizá sí, pero yo no seré el presidente. Soy libre.

Lily intentó zafarse de su abrazo, pero él no le dejó.

—Me alegro —miró hacia la calzada—. Ahora, he de irme.

—Deja que te acompañe. Volvamos a Nantucket y busquemos una solución.

—¿Una solución?

—Lily, te amo. Y antes te he oído decir que me amabas.

–Y te amo, Jack, pero amarte sólo puede causarme dolor.

–Haremos que funcione –insistió Jack–. Juntos somos capaces de cualquier cosa.

Lily le tapó la boca con la mano.

–Podemos pasarlo bien juntos, pero eso no es bastante para mí. Yo no puedo vivir si límites ni paredes. Me he enamorado de ti sabiéndolo –su voz se quebró–, consciente de que no soportarías ataduras, de que necesitas ser autónomo y libre.

Jack quiso da un grito de alegría.

–Entonces podemos conseguirlo, Lily.

–No, Jack. Yo quiero estabilidad, una casa y un patio lleno de niños, y estar rodeada de cosas de las que nunca tenga que separarme.

–Y yo podría vivir de cualquier manera mientras sea contigo.

–No es verdad, Jack –dijo ella en un sollozo–. Ahora lo crees porque me amas, pero en poco tiempo te sentirías atrapado. Y yo no podría soportar la idea de haberte cortado las alas –tomó aire–. Te amo demasiado como para pedirte que te sacrifiques por mí.

Jack se agachó para besarla, para borrar las palabras que tanto le dolían… porque eran verdad.

–Sabes que tengo razón dijo ella con un hilo de voz.

Jack no encontró una respuesta apropiada porque Lily estaba en lo cierto. Y por no cambiar iba a perder a la mejor mujer del mundo.

Ella se puso de puntillas y le besó la mejilla.

–Adiós –un taxi acababa de pararse, y Lily le hizo una señal. Jack intentó detenerla, pero ella fue más

rápida y, ya desde el asiento trasero, le dirigió una última mirada–. Nunca te olvidaré –dijo, mandándole un beso antes de cerrar la puerta.

El taxi se alejó mientras Jack se quedaba paralizado bajo la lluvia hasta perderlo de vista.

Jackson Locke era un hombre libre, sin ataduras, sin reglas, sin un trabajo que no quería ni una mujer que lo atrapara. No estaba vinculado a nada ni a nadie. Una vez más los dioses le concedían lo que quería.

Y tenerlo le causaba un dolor indescriptible.

Capítulo Once

Cuando Lily entró en su oficina y oyó que sonaba el teléfono tuvo la esperanza de que fuera una llamada de trabajo. Durante el invierno había estado bastante ocupada, pero desde marzo apenas había recibido algunos encargos y empezaba a preocuparle el pago del alquiler. Cada vez veía más lejos su sueño de comprar una casa.

Tomó el teléfono y contestó con su falsa voz de ayudante:

–Buenos días, The Change Company, habla Nan, ¿en qué puedo ayudarle? –el nombre lo había inventado tras la semana en Nantucket. Algunos sueños era más difíciles de olvidar que otros.

–¿Puedo hablar con Lily Harper, por favor?

A Lily le sorprendió que se tratara de un hombre con acento británico.

–Sí, señor. ¿De parte de quién?

–Bryce Noble, de Londres.

Lily se dejó caer sobre su asiento, apretando con fuerza el auricular. ¿Bryce Noble? ¿El «Noble» de Anderson, Sturgeon y Noble?

–¿Y a qué se debe la llamada?

–Quiero proponerle un trabajo. ¿Sabe si acepta nuevos contratos?

No estaba en condiciones de rechazar nada.

–Un momento, señor Noble. Le paso con la señorita Harper.

Lily presionó el botón de espera y dejó el teléfono en el escritorio. Desde que volviera de Nueva York, hacía seis meses, no había contestado a las llamadas de Reggie. Luego lo intentó Sam. Y por eso había decidido inventarse a Nan, para filtrar las llamadas. Quien no había llamado nunca había sido Jack.

Carraspeó para preparar el cambio de voz.

–Hola, Lily Harper al aparato.

–Señorita Harper, me llamo Bryce Noble y soy el director creativo a nivel mundial de Anderson, Sturgeon y Noble.

Así que no se había equivocado. Se trataba de uno de los estirados ingleses.

–¿En qué puedo ayudarle, señor Noble?

–Tengo entendido que es usted excepcional en su campo y que ha conseguido extraordinarias transformaciones.

–¿Qué desea? –la pregunta sonó demasiado brusca, pero no podía perder tiempo con protocolos. Hasta una conexión tan remota como aquélla con Jack Locke le causaba palpitaciones.

–Quería ofrecerle un contrato sustancial.

Lily tomó aire, tratando de recordar que se había jurado no hacer ningún trabajo para aquella agencia para evitar coincidir con Jack. Sabía que bastaría un beso, una caricia, para rendir su voluntad. Y eso sólo podía arrastrarla al sufrimiento o a una vida opuesta a todo lo que soñaba. Jack no cambiaría jamás…, pero ella, tampoco.

–La verdad es que estoy muy ocupada –dijo, mirando un calendario en blanco. Tomó un lápiz y empezó a garabatear. Tras una breve pausa, dijo–: Lo siento, la agencia está a pleno rendimiento. No creo que pueda ayudarle.

–Necesito un cambio de actitud e imagen de los ejecutivos… –continuó él, sin dejarse desanimar por la negativa de Lily– de las veintisiete oficinas de la empresa.

–Veintiséis –corrigió ella sin pensar, al tiempo que mecánicamente escribía una cifra de cuatro ceros y la multiplicaba por veintiséis.

–Desde que adquirimos la de Nueva York, son veintisiete.

Lily tachó la cifra.

–Sí, Wild Marketing –se le contrajo el corazón. No podía trabajar para ellos, y menos si Jack tenía alguna conexión, fuera la que fuera, con la compañía… Aunque si no la tenía…

–¿Qué tal ha ido esa fusión, señor Noble?

–Perfectamente, gracias. Hemos integrado el grupo de Wild en el nuestro sin ningún problema, y hemos conseguido nuevos clientes.

–Y en Nueva York, el presidente… –Lily dejó la frase en suspenso y cerró los ojos con fuerza. No comprendía qué le impulsaba a hacer averiguaciones que llevaba meses prefiriendo ignorar.

–Cambiamos el equipo directivo, y uno de nuestros ejecutivos de Londres asumió la dirección.

¿Jack los había dejado?

–¿Y ha cambiado el departamento creativo?

–Uno de los directores artísticos fue promovido a

la dirección para ocupar el puesto vacante de Jackson Locke.

Lily exhaló un suspiro de alivio. Así que Jack se había marchado y quizá había abierto su propia compañía, o habría buscado una en la que le dejaran ser él mismo. Estuviera donde estuviera, Lily confiaba en que fuera feliz.

Escribió de nuevo la cifra que había obtenido unos minutos antes y su mente invocó la casa de Framingham que había visitado en numerosas ocasiones imaginando que algún día sería suya.

—¿Y qué podría hacer yo por usted, señor Noble? Quizá pueda reorganizar mi calendario.

—Tendría que conseguir un año libre.

—¿Un año?

—Se trata de un proyecto radical, señorita Harper, y me gustaría que viniera a Londres a conocer al equipo y a comentar nuestras necesidades. Con todos los gastos pagados, por supuesto. Una vez lleguemos a un acuerdo en cuanto a su tarifa y al calendario de actuación, tendría que pasar dos semanas en cada una de nuestras oficinas a lo largo del próximo año. Sé que eso significa tener que vivir en hoteles durante todo ese tiempo, pero le aseguro que valdrá la pena.

Un año en constante movimiento, sin casa, sin oficina, sin otros clientes. Pero al final, con suficiente dinero como para la entrada de una casa y los pagos de una hipoteca que le resultarían más económicos que un alquiler.

—¿Cuándo quiere que nos veamos, señor Noble?

—¿Eso significa que puede cancelar sus contratos del próximo año?

Lily fingió pasar las hojas de su agenda.

–Nan se encargará de hacer los cambios necesarios.

–¡Fantástico! ¿Podría acudir a nuestras oficinas de Londres el miércoles por la tarde? Yo mismo me ocuparé de organizar su billete y su alojamiento.

–Allí estaré. Y gracias, señor Noble.

–Llámame Bryce –dijo él con una risita sofocada–. En el departamento creativo somos poco dados a las formalidades.

–Ya lo recuerdo –dijo Lily, cerrando los ojos.

De hecho, recordaba cada minuto de aquellos días, aunque había conseguido reducir a una hora diaria el tiempo que dedicaba a los recuerdos. ¿Qué sucedería al volver a entrar en contacto con el mundo de la publicidad? ¿Volvería dedicar cuatro y cinco horas a pensar en Jack?

No podía planteárselo. En el plazo de un año, habría ahorrado bastante como para comprarse una casa. Pondría una valla, compraría un perro, quizá también un gato, pintaría cada pared de un color… Y en cuanto se sintiera segura, dejaría de sentirse sola. ¿O no?

Esa duda la acompañó los dos días siguientes. Mientras hacía las maletas y ya cómodamente sentada en el avión en un asiento de primera, no podía dejar de preguntarse cuándo la abandonaría el sentimiento de soledad que la poseía. Cuanto más cerca estaba de las oficinas que podían haberse convertido en el cuartel general de Jack, más pensaba él; hasta que el recuerdo se hizo demasiado doloroso. Para borrarlo, se recordó que no iba a verlo, que en la página oficial

de la empresa, que había consultado ex profeso, no había encontrado ningún empleado que respondiera al nombre de Jackson Locke.

Al llegar la limusina delante de la puerta de las oficinas, Lily decidió ahuyentar aquellos pensamientos. Aquél momento marcaba el inicio de una nueva vida. Estaba a punto de conseguir el proyecto millonario al que había aspirado al entrar en la casa de de Reggie en Nantucket, justo antes de derretirse al ver al «chico en la piscina».

Estirándose la falda y con la mejor de sus sonrisas, entró en las grandiosas oficinas de Anderson, Sturgeon y Noble, anunció su presencia y esperó a que Bryce Noble acudiera a recibirla.

Cuando la puerta de un despacho se abrió de par en par, Lily tuvo que contener una expresión de sorpresa. Esperaba un hombre maduro, con cabello gris y traje, pero tenía ante sí un joven de unos treinta y cinco años, con la cabeza afeitada, y vaqueros. Irónicamente, parecía recién salido del departamento creativo de Wild Marketing. Quizá Jack se había precipitado.

–Lily, bienvenida a Londres –Bryce le estrechó la mano calurosamente y la guió por el vestíbulo–. Vayamos a la sala de conferencias. ¿Qué tal ha ido el viaje? ¿Te gusta el hotel?

–Es fantástico, gracias –Lily echó una ojeada al vacío corredor.

–Espero que no te moleste que haya convocado a otro asesor –dijo Bryce al tiempo que habría la puerta de un despacho.

Lily ni siquiera le oyó. Tenía que dejar de pensar en Jack. Jack representaba el pasado. Jack era una ex-

cursión alocada e inolvidable a través de un campo de arándanos en mitad de la noche. Jack era…

Jack era el hombre que tenía ante sí.

—Oh.

Una sílaba bastó para que Jack supiera todo lo que necesitaba. Los dioses seguían amándolo. Y también Lily Harper.

—Hola, Lily.

Lily se quedó paralizada en el umbral de la puerta, pálida y con los ojos desencajados.

Y él también la amaba.

—¿Qué haces aquí? —exigió saber ella.

Jack lanzó una mirada a Bryce.

—Es el estilo americano de decir «hola, me alegro de verte».

Tal y como Jack esperaba, Bryce rió. De no haber sido por él, un hombre con un sentido del humor aún más sarcástico que el suyo, se habría desvinculado completamente de la agencia el día que Reggie firmó el contrato de venta. Pero Bryce había planeado una forma de mantenerlo a bordo.

—Me he convertido en asesor —explicó Jack, reprimiendo el impulso de acercarse a ella y estrecharla contra su pecho—. Igual que tú.

—Yo todavía no me he comprometido —dijo ella, dando un paso atrás.

Jack sonrió.

—Si no fuera porque una experta me enseñó a descifrar el lenguaje corporal, no me habría dado cuenta de que estás deseando salir huyendo —señaló la silla que tenía ante sí—. Deberías quedarte y escucharnos.

—¿Escucharos? ¿Sabías que venía? —preguntó Lily.

Bryce le indicó que entrara en la sala.

–Claro que lo sabía. Jack ha sido el principal promotor de una serie de cambios que queremos discutir contigo, y ha insistido en que eras la persona mejor cualificada para llevarlos a cabo. Tengo entendido que hiciste un gran trabajo con él.

Lily miró a Jack. El cabello había vuelto a crecerle y se había dejado perilla. Él le guiñó un ojo.

–Espera a ver mi nuevo tatuaje –bromeó.

–Por favor, toma asiento, Lily –Bryce le apartó de la mesa una silla enfrente de Jack.

–Creía que odiabas todo esto –dijo Lily, indicando la habitación con el brazo.

–Yo también –dijo Jack, sonriendo a Bryce–. Y, para serte sincero, Anderson es un palo y Sturgeon un aburrido.

–Un somnífero –apuntó Bryce.

–Pero resulta que Bryce, aquí presente, ha resultado ser un tipo interesante.

–Gracias, tío.

–Y, lo que es más –dijo Jack, inclinándose hacia delante–: Le gusta lo que hago.

–Y entre las cosas que quiere hacer –dijo Bryce, tomando asiento–, pretende transformar a los directores y al personal de nuestros veintisiete departamentos creativos.

Jack sonrió a Lily, entusiasmado, y ella esbozó una sonrisa que para Jack representó un prometedor punto de partida.

–Y ahí es donde entras tú, Lily Harper, la mejor especialista en cambios de imagen.

–Nuestro problema es que tenemos una mentali-

dad anticuada –dijo Bryce–. En cuanto Jack y yo empezamos a trabajar juntos…

–Creía que lo habías dejado cuando compraron Wild –interrumpió Lily, que seguía procesando una situación para la que no se había preparado.

–Y así es.

–Pero yo le convencí para que fuera nuestro asesor –dijo Bryce, y con una cínica sonrisa, añadió–: por cierto, por un precio exorbitante.

–¿Y por qué no has…?

Lily ni siquiera necesitó concluir: «llamado».

–Porque he estado muy ocupado –dijo Jack, ignorando la mirada escéptica de Lily.

Claro que había estado ocupado. Y porque no pensaba llamarla, escribirle o aparecer en su puerta hasta no tener todo en su sitio y la prueba de que había cambiado.

Y ya lo tenía. Todo.

Intentó explicarle todo eso con una mirada, pero Lily se giró hacia Bryce.

–Pretendemos que hagas un trabajo un poco distinto al que haces habitualmente –dijo él, continuando como si no fuera consciente de la tensión que se palpaba en el aire–. Queremos que nuestros ejecutivos sean más informales.

–Yo suelo hacer lo contrario –dijo Lily, atónita.

–Tú cambias a la gente –dijo Jack con dulzura–. Yo soy la prueba de ello.

Antes de que Lily protestara, Bryce su puso en pie.

–Voy a dejar que te lo pienses, Lily. Coméntalo con Jack. Volveré con algunos papeles. En cuanto Bryce salió, Jack tomó las manos de Lily entre las suyas.

–Estás preciosa, Lily. Te echo de menos.

–¿Ahora vives en Londres? –preguntó ella, pálida.

–No vivo en ninguna parte. Al menos por ahora.

–Claro –dijo ella, retirando las manos–. La vida perfecta para ti.

–Yo no diría que es perfecta –dijo él, riendo quedamente–. Hay muchas cosas mejorables.

Lily asintió como si comprendiera.

–Me alegro de que todo saliera bien finalmente.

–Nada ha salido bien, ni nada ha finalizado.

–¿Cómo que no? Viajas, eres asesor, te relacionas con otros creativos interesantes, no tienes responsabilidades diarias, ni empleados, ni preocupaciones, ni casa, ni problemas.

–Tengo muchos problemas –le corrigió Jack. Lily se puso en pie–. Está bien, creo que ha llegado la hora de mostrar mi as. Ven conmigo.

–No, gracias.

–Mira –Jack se desabrochó el pantalón y le enseñó el dibujo de un lirio.

Lily lo contempló boquiabierta antes de exclamar:

–¿De verdad crees que con eso vas a conseguir que me quede? ¿Ése es tu as?

–No –Jack metió la mano en el bolsillo, sacó una llave y la hizo bailar delante de los ojos de Lily–. Es éste.

Capítulo Doce

–¿Dónde vamos?

Jack caminaba de prisa, arrastrando de la mano a Lily.

–Al banco.

Aunque no entendía nada, Lily no hizo más preguntas. Jack parecía avanzar con decisión hacia su destino, y ella prefería disfrutar de estar a su lado que cuestionar lo que estaba sucediendo.

Al llegar a un banco con grandes puertas con marco dorado, Jack la abrió y dijo:

–Lil, adelante.

El apelativo cariñoso hizo que a Lily le temblaran las piernas.

–¿Qué hacemos aquí?

En lugar de responder, Jack fue hasta el mostrador de recepción y dejó sobre él la llave.

–Las cajas de seguridad, por favor –dijo al guarda.

Mientras esperaban, Jack tomó la mano de Lily y la atrajo hacia sí. Ella lo miró, expectante. En unos minutos, el guarda volvió y los acompañó hasta una pequeña sala con cajas de seguridad y una mesa en el centro.

Jack fue hasta una de ellas, la abrió y de un cajón sacó unos papeles enrollados, sujetos por un elástico.

–Te he dicho que he estado ocupado.

Lily apretó los puños.

–¿En qué?

Jack estiró cuidadosamente una hoja grande de papel con líneas azules y algunas anotaciones.

–¿Qué es? –preguntó Lily.

Jack la miró fijamente.

–Nuestra casa –dijo, tendiéndole la mano–. Ven aquí.

Lily tomó aire, se acercó a la mesa y miró los planos… de su casa.

–Ésta es la fachada principal.

Lily vio el tejado inclinado, los tragaluces, una luminosa galería…

–Es… preciosa –consiguió articular.

–¿Verdad? –Jack pasó la hoja–. Éste es el primer piso –fue señalando–: el salón… la cocina… Y una galería que recorre todo el perímetro de la casa.

Lily percibió la mirada de Jack alternar entre los planos y ella, esperando a que dijera algo. Pero ella sólo fue capaz de trazar con un dedo las líneas de los dibujos de… nuestra casa.

Jack pasó a otra hoja.

–Éste es el segundo piso –continuó con voz animada–. ¡Mira qué dormitorio principal! Y todos éstos quedan cerca en caso de que haya que acudir si alguien… pequeño… necesita algo por la noche.

Lily apenas podía respirar. Las líneas azules se difuminaban ante sus ojos.

–Mmmm –fue todo lo que pudo articular.

–Y esto es lo mejor –Jack pasó otra página–. El tercer piso es prácticamente de cristal, y en él está el estudio de arte, el despacho y una sala de reuniones por si vienen a verme clientes.

–Son todo ventanas –dijo Lily con voz quebradiza–. No hay paredes.

–Y ésta es la vista –dijo Jack, antes de mostrar la última página, que consistía en un montaje de fotografías.

Por un instante, Lily creyó que estaba soñando, pero, a pesar de las lágrimas que le nublaban la vista, reconoció el campo de arándanos.

–Ésa es la vista desde la colina donde cenamos aquella noche –dijo, mirando a Jack.

–Ahí vamos a construir nuestra casa.

«Nuestra casa».

–Pero dijiste que tenía dueño, alguien con más dinero que tiempo… ¿Quién…? ¿Cómo…?

La mirada de Jack respondió sus preguntas. Él era esa persona.

–Compré ese terreno cuando Reggie compró la casa en Nantucket. Ahora que soy asesor, tengo tiempo. Y… –tomó la mano de Lily y se la llevó al pecho quiero construir una casa para ti, para nosotros.

Lily temía pestañear por miedo a echarse a llorar, pero Jack la estrechó con fuerza en sus brazos y suplicó:

–Por favor, Lily, dime que sí.

Ella cerró los ojos y aspiró el inconfundible aroma del hombre al que amaba.

–Depende de lo que me pidas –susurró, permitiéndose soñar por una vez en un futuro juntos.

–Quiero que pases el resto de tu vida conmigo –Jack le alzó la barbilla para mirarla a los ojos–. Te amo, Lily. Quiero que seas mi esposa, mi amante, mi mejor amiga y la madre de mis hijos.

–¡Jack! –musitó ella, separándose de él para mirarlo y descubriendo, atónita, que también él tenía los ojos húmedos–. Yo también te amo.

Jack la besó apasionadamente antes de decir:

–Tenemos un año para construir la casa, viajar y pensar en nombres para nuestros hijos.

Lily jamás se había sentido tan feliz.

–¿Estás seguro, Jack? –preguntó, abrazándose a su cuello.

–Nunca en mi vida he estado tan seguro de algo –tomó el rostro de Lily entre sus manos–. Llevo seis meses analizando mis sentimientos, haciendo el ejercicio de introspección del que tú me hablaste.

–¿Y qué has descubierto?

–Que me siento más completo y más libre contigo que sin ti, que quiero paredes si tú estás dentro de ellas. Esa es la verdadera libertad: ser uno mismo con la persona a la que se ama. He cambiado.

Lily se abrazó a él.

–Pero yo no quiero que cambies, mi amor. Te amo exactamente como eres.

–Y yo a ti –susurró él, besándola.

Lily rompió el beso, y preguntó con el ceño fruncido:

–¿Crees que vamos a poder hacer tantas cosas en un solo año?

Jack le mordisqueó el cuello.

–Seguro que sí. Mientras tú organices los días y yo, las noches...

–Me alegra comprobar que algunas cosas nunca cambian –dijo Lily, besándole la punta de la nariz.

Jack contempló la espectacular gama de colores que se veía tras la cristalera de la terraza y oyó los primeros acordes del piano. Juntó las manos y dirigió la mirada hacia las filas de asientos.

–¿Estás nervioso?

–¿Lo estabas tú? –preguntó Jack a Deuce, arqueando una ceja.

–¡Tú que crees! Me aterraba que tu hermana cambiara de opinión. Es la mujer más guapa del mundo.

–Una de ellas –dijo Jack, sonriendo.

–Ahí viene otra –dijo Deuce, indicando el final del pasillo central con ojos chispeantes.

Los dos hombres miraron con cariño a la pequeña Jacquie Monroe, que, con apenas dos años recién cumplidos, avanzaba lentamente, dejando caer pétalos de flores, tal y como habían practicado el día anterior. Al verla, se elevó un murmullo de admiración entre los invitados.

La niña alzó la vista y vio a su padre.

–Me temo que tenemos problemas –dijo Jack a Deuce entre dientes.

Efectivamente, la niña gritó:

–¡Papá!

Y al correr a refugiarse en sus brazos, causó la hilaridad general.

–Cariño, no era esto lo que habíamos ensayado –bromeó él. Pero al ver que la niña hacía pucheros, añadió–: No pasa nada, cariño. Lo has hecho muy bien.

Superado el pequeño trauma, apareció al final del pasillo la siguiente mujer hermosa. Kendra estaba radiante en un precioso traje dorado. Como su hija, mantuvo la vista fija en Deuce hasta que, al llegar al altar, se volvió hacia su hermano mayor y articuló con los labios:

–Sé feliz.

–Lo soy –musitó él mientras su hermana ocupaba su puesto junto a su hija.

El piano cesó de sonar unos segundos antes de comenzar con una composición que Jackson Locke nunca había esperado escuchar como protagonista de la ceremonia con la que se identificaba.

¿Cómo podía ser tan afortunado?

Por fin apareció ella, una diosa vestida en satén marfil. Iba del brazo de Reggie y le dijo algo entre dientes que le hizo reír. Luego, se volvió hacia la mujer que tenía a su izquierda. Samantha Wilding estaba delgada y pálida, pero el tratamiento suizo parecía haber obrado un milagro. Cuando Lily pidió al matrimonio que la acompañaran al altar, Sam se había echado a llorar. Resultaba un trío poco convencional, pero eso mismo era lo que a Jack le había gustado más de la idea. Al fin y al cabo, Sam estaba en el origen de todo aquello.

–Gracias Reg –dijo Jack, estrechando su mano cuando llegaron al altar–. Y Sammy, ¿cómo puedo agradecértelo? Durante años he creído que los dioses me amaban sin darme cuenta de que eras tú.

Con los ojos húmedos y labios temblorosos, Sam alargó la mano hacia él.

—Ya no necesitas a tus dioses, Jack, porque desde ahora —tomó su mano, la unió a la de Lily y apretó ambas afectuosamente— tienes un ángel a tu lado.

Deseo™

El engaño del príncipe

Emilie Rose

La estadounidense Madeline Spencer llegó a Mónaco con el sueño de tener una aventura amorosa y el atractivo y misterioso Damon Rossi era el candidato perfecto para ello. Aquellas noches de pasión descontrolada dejaron a Madeline sin aliento… pero con ganas de más. Y entonces descubrió que su increíble amante era en realidad un príncipe. Entre sus planes no figuraba el convertirse en la querida de un miembro de la realeza, aunque lo cierto era que podría acostumbrarse a una vida llena de lujos y mimos… Pero no imaginaba que su guapísimo príncipe estaba prometido con otra mujer.

Aquel hombre no era en absoluto lo que ella creía…

Julia™

Después de tres matrimonios... y tres divorcios, Karleen Almquist había decidido alejarse de los hombres y de las complicaciones que provocaban. Hasta que un guapísimo viudo se mudó a la casa de al lado junto con sus dos hijos, que eran los niños más adorables que había visto en su vida. Troy Lindquist llevaba mucho tiempo solo, pero ahora lo que buscaba el empresario era una relación de verdad, algo imposible con una mujer como su vecina. Pero eso no le impidió acudir a ella una noche... y dejarla embarazada.

Cuestión de orgullo
Karen Templeton

Cuestión de orgullo

Karen Templeton

Primero fue el embarazo, luego el amor y más tarde... ¿el matrimonio?

Bianca™

**Había huido después de su boda...
ya casada y aún virgen**

Laine había esperado a su guapísimo marido en la noche de bodas... Pero Daniel no la amaba; sólo se había casado con ella para cumplir la promesa de cuidarla.

Dos años después, sin dinero y muy vulnerable, Laine tenía que enfrentarse de nuevo a Daniel. Pero esa vez él tenía intención de tener la noche de bodas que deberían haber compartido entonces. No quería una esposa... sólo quería acostarse con Laine.

Bodas de hiel

Sara Craven